이규식 문화론집

빵의 문화
장미의 문화

이규식 문화론집

빵의 문화
장미의 문화

이규식 지음

새미

혜온에게,
혜승에게

지은이의 말

따뜻하고 부드러운 감성문화를 기다리며
―문화는 빵이며 장미가 되어야 한다―

어떤 인연이 여기까지 이끌어 왔는지는 몰라도 여러 분야의 문화를 가까이 접하고 공부하면서 글을 쓰고, 강의하며 이런저런 활동에 참여한 지 삼십년 가까이 되었다. 행복했다. 책을 읽고 공연을 보면서, 미술작품 앞에 머무르거나 건축물 모퉁이를 살펴보며 장인의 숨결을 느끼면 참으로 즐거웠다. 문화는 줄곧 삶과 사회의 핵심적인 장식을 다하며, 삶을 아름답게 수놓아 왔다. 삶의 축복을 명징하게 확인시키면서 모름지기 '꽃'의 기능에 충실하게 발전해왔다. 특히 20세기 후반 이후 문화 자체의 생산력 확산과 영향파급으로 인하여 이제는 삶속에 단단히 뿌리내리고 나아가 삶을 바꾸어 놓기도 하는 강력한 요소로 자리 잡게 되었다.

말하자면 문화가 '빵'이 된지 이미 오래인 셈이다. 문화에 산업이라는 표현이 덧붙여지고 대단한 규모의 경제력을 만들어내는 원동력으로 등장했다. 시장을 전제로 하면서 높은 부가가치를 창출하는 문화콘텐츠 개념도 시대의 화두로 등장했다. 그러나 문화향유, 문화생산에 앞서 우선 삶 자체의 문화화, 우리 의식의 선진화가 선행되어야 한다는 생각이다. 여러 분야의 문화는 나날이 씩씩하게 커가고 소담스럽게 피어나는데 그것을 향유하는 사람들의 인식과 사고가 진화되지 않았거나 그리 문화적이지 못하다면 거기서 튼실한 문화의 향기와 열매를 기대하기 어렵지 않을까.

이 책에 실린 글은 그런 의미에서 우리 사회와 삶의 문화화, 문화 민주주의 착근을 고대하면서 이런 궁리 저런 생각으로 써내려간 여러 담론이다. 이를테면 대안으로 본 문화현장 리포트라고 말할 수 있다. 말끔하고 아름다운 삶의 환경이 조성되고, 여유 있고 성숙한 문화의식과 예술 감각이 자리 잡은 사회에서 열매 맺는 문화라는 나무와 꽃은 그대로 자양분, 빵이 되리라.

생각의 부채살을 펼쳐가며 궁리하고 사랑의 눈으로 우리 삶속과 다른 나라 문화를 유심히 바라보며 쓴 글이지만 책으로 묶고 보니 할 이야기를 채 못하고 서둘러 끝을 맺는 무성영화 변사의 심정이다. 이 글에 실린 소박한 주장이 작은 공감대를 넓혀 따뜻하고 부드러운 감성의 문화시대를 앞당기는데 밑거름이 되었으면 하는 마음 간절하다.

2009년 6월
이 규 식

차례

지은이의 말 ▎따뜻하고 부드러운 감성문화를 기다리며

제1부 숙성되는 사회

제2부 문화의 숲을 걸어가다

제3부 대학을 보면 미래가 보인다

제4부 지구촌 문화현장 리포트

제1부

숙성되는 사회

눈물 없는 세상, 기다림 없는 사회

요즘 울어본 일이 있는지요. 짜증나고 팍팍한 세상, 꼬여만 가는 인간관계가 서글퍼 남몰래 울어본다면 마음속 앙금이 씻겨나가고 촉촉한 물기로 삶이 젖어들 텐데 그 역시 여의치 않다. 삶의 순간순간 눈물이 핑 돌 때는 있어도 소리 내어 울어본 기억은 없다.

상가 빈소에 가도 그렇다. 상주들이 애통한 표정으로 문상객을 맞고 깍듯이 예의를 표하지만 현대적으로 변모해 버린 영안실 분위기 탓인지 곡을 하거나 큰 소리로 울음을 터뜨리는 모습을 보기는 어렵다. "아이고, 아이고..." 하는 곡소리와 함께 눈물을 줄줄 흘리던 상주들의 애끓는 마음은 안으로 안으로 스며드는 것일까.

슬픔이나 아쉬움을 표현하는 데 인색해진 사람들 공항이나 터미널 같은 이별의 현장에서도 눈물은 사라진 지 오래다. 지난날 김포공항 트랩을 오르는 모습을 송영대에서 바라다보며 손수건을 흔들던 헤어짐은 이제 "전화할게", "메일 보내"라는 지극히 사무적인 인사말로 바

꿰었다. 정보통신의 발달로 혹은 편리해진 교통수단 덕분에 헤어져도 곧 연락이 이어지고 쉬이 다시 만난다는 안도감이 이별의 안타까움을 덜어주기 때문이리라. 그리하여 가슴아프고 서러운 이별 대신 밝게 웃음지은 얼굴로 선선히 헤어지는 새로운 풍속도가 펼쳐진다.

어찌 보면 바람직하고 세련된 삶의 정경이기도 하다. 하지만 한 걸음 뒤로 물러나서 생각해 보면 좀 메마르고 밋밋하다는 느낌이 든다. 즉각적인 감정 표출과 과민반응은 점점 수위를 높여가는데 유독 슬픔과 아쉬움을 표현하는 일에는 갈수록 인색해져 가는 듯해서이다. 또 헤어지지만 곧 다시 만나거나 연락이 되리라는 마음은 기다림에 익숙하지 않다는 의미이기도 하기 때문이다.

편지지에 정성껏 사연을 적어 이튿날 우편함에 넣으며 답장을 고대하던 애틋함은 이메일의 발달과 함께 이제 박물관으로 들어가고 있다. 상대의 수신 여부를 확인하고 실시간 리플도 가능한 이 즈음 편지는 은밀한 감정통로이거나 마음과 마음을 이어주는 비밀스러운 기능을 다 잃어버리고 말았다.

편지를 소식 전달의 차원에서 벗어난 문학의 반열로 끌어올린 프랑스의 세비녜 부인이 딸에게 편지를 보내던 17세기에는 답장을 받기까지 반년 이상이 걸렸다. 머나먼 곳으로 결혼을 해서 떠난 딸을 그리며 자상하게 때로는 수다스럽게 한 줄 한 줄 써내려간 모정(母情)의 기록은 세계문학사상 유례없는 '서한문학'의 걸작을 낳았다. 요즘처럼 즉흥적으로 주고받는 이메일 사연이 먼 훗날 문학으로 살아남을 수 있을는지. 세비녜 부인의 편지는 무엇보다도 기다림에 대한 익숙함, 딸을 향한 어머니의 눈물겨운 사랑이 그 먼 거리만큼이나 증폭되면서 온전한 생명력을 얻고 있다.

조급증의 빛과 그림자   그래서인지 휴대전화 대신 삐삐를 찾는 사람들도 늘어간다. 휴대전화로 주고받는 사연 중 분초를 다투는 절박하고 화급한 내용이 얼마나 될까. 삐삐로 호출을 확인하고 요즘은 텅텅 비어 있는 공중전화나 저렴한 일반전화로 연락해도 큰 차질이 없다면 그 동안 잊고 살아온 기다림의 가치는 더욱 커질 것이다.

조급증. 우리 현대사를 이끌어온 이 조급증에 힘입어 경이로운 경제성장을 이루기는 했지만 그 후유증 또한 만만치 않다. 요즘의 갖가지 사회문제며 어두운 그늘 역시 참을성 부족과 결과에만 집착하는 조급증에서 비롯된다. 몇 시간만 있으면 알게 될 선거결과를 투표장 출구조사며 컴퓨터시스템을 활용한 예상보도로 대단한 공헌인양 국민들을 더없는 조급증으로 몰아가는 텔레비전 방송의 성급함 속에서 우리는 하루하루 더 빨라져 가고 기다림을 잃어버린 삶으로 내몰리고 있는 것인지도 모른다.

남의 차 긁는 사회

연말 세밑과 연초를 보내면서 어수선한 사회 분위기는 좀처럼 안정을 찾기 어려워 보인다. 보람있게 한 해를 마무리하고 다가온 새해 설계에 분주해야 할 시기이건만, 밥을 먹던 중 수저를 놓은 사람처럼 무언가 뜨악하고 어정쩡하면서도 좀처럼 마음을 가누기가 힘들다.

오랜 경기침체로 기업이고 자영업이고 할 것 없이 다들 장사가 안 돼 울상이고 일자리를 찾지 못해 고개를 떨군 청, 장년층의 고민은 사회문제로 비약할 수도 있다. 이 와중에 이러한 체감경기와는 다르게 따로 노는 부유층의 소비향락은 계층간의 불화와 이질감을 더욱 증폭시키고 있다. 연중 최고의 관광비수기임에도 골프며 개별여행자를 중심으로 늘어나는 해외관광 열기는 식을 줄을 모르고 있으니 말이다.

파괴심리 밑바닥에 깔린 것은 어지간히 수양이 되어 내공을 쌓은 사람들도 요즘 같아서는 마음을 다스리기가 쉽지 않다고 하니 여느 평범한 사람들의 심정이야 더 말해 무엇하랴. 이런저런 불만을 토로

하고 해소할 적절한 방안과 채널이 마련되지 않은 우리 사회구조 특성상 자칫 그 불평불만이 불특정 다수를 향한 보복차원의 비뚤어진 일탈로 흐르곤 하는 것도 우려스럽다.

최근 빈번히 일어나는 승용차 파손사건이 그 단적인 예다. 밤새 아파트나 주택가 차량 수십 대가 일제히 예리한 도구에 긁히는가 하면 타이어를 펑크 내 놓고 심지어는 본드로 열쇠구멍을 막아버리는 엄연한 형사법상의 범죄가 잇따라 일어나고 있는 것이다.

과거 자동차가 귀하던 시절에 차 흠집 내기는 주로 시기심이나 취중에 객기로 또는 불법, 무단주차 차량에 대한 응징차원에서 우발적으로 이루어졌는데, 요즘은 다분히 계획적이고 조직적이며 악의가 더 노골화하는 특성을 보이면서 사회의 경직성과 국민 간 이질감을 실감케 한다.

단속이나 검거 역시 쉽지 않다. 자신에게 아무런 이익도 돌아오지 않을 뿐더러 피해를 가하기까지 쏟는 노력과 주의집중이 만만치 않을 터인데도 왜 이런 어처구니없는 일이 끊이지 않고 일어나는 것일까.

대부분은 자신의 스트레스나 어려운 처지를 비관한 분풀이성 보복심리에서 비롯된 것으로 보인다. 남의 차량을 훼손시킬 때의 짜릿한 전율과 통쾌감, 아슬아슬한 스릴을 즐기려는 이상심리다. 파괴본능은 누구에게나 있다. 천진한 어린아이가 어느 순간 갖고 놀던 인형을 무참히 찢거나 망가뜨리는 본능도 그와 다르지 않다. 인간에게 공존하는 이중성, 즉 신성(神性)과 악마성(惡魔性)의 간극은 사회안전망이나 공동선을 위한 합의와 노력, 따뜻한 관심으로 잘 다스려지고 순화되어야 하겠지만 각박한 세태 속 숱한 사각지대에 관심이 비껴가는 경우 심각한 양상으로 치닫는다.

인성교육 강화 시급하다　　자동차 파손뿐이랴. 달리는 지하철에 불을
붙이고 취중에 자동차로 인파 속을 돌진하는 어처구니없는 일이 끊이
지 않는다. 어느 시대, 어느 사회건 자신의 이익을 위해 타인에게 손실
을 입히는 행위는 있어왔지만 아무런 소득 없이 단지 한순간의 쾌감
을 위해서나 당황해할 피해자를 상상하며 즐거워하는 변태심리의 창
궐은 심각한 사회병리현상이다.

　우리 모두는 이런 파행의식의 잠재적 피해자들이다. 그 동안 주변에
혹은 다른 사람에게 너무 무심한 채 나와 내 가족만의 안위와 행복 챙
기기에 몰두했던 부작용으로만 간주할 수 있을까. 넘쳐나는 물질과 향
락의 대열에서 낙오한 소수의 분풀이로만 넘겨버릴 수 있을까. 가정이
무관심하고 학교가 포기하고 사회가 그릇되게 인도하는 인성교육에
일대전환이 필요한 때다.

불법주차 단속, 왜 느슨한가

도심이나 주택가 곳곳에 범람하는 불법 주정차가 사회문제화 된 지는 이미 오래다. 주차공간을 염두에 두지 않은 자동차 판매, 구입이 근본원인이지만 여기에 더하여 실종된 시민의식, 관리와 단속업무에 철저하지 못한 지자체의 방만함은 매우 심각하다. 차고지 증명제, 거주자 우선주차제도 등 여러 방안이 도입되었으나 실효를 거두지 못했으며 불법주차는 이제 시민의 안전과 생명을 해치는 요소로 대두되었다.

간선, 이면도로를 막론하고 좌우 1개 차로는 불법주차한 차량들로 안전거리 확보가 어려울뿐더러 위급시 소방차, 구급차 진입이 불가능하여 대형사고로 이어지고 있다.

단속만이 능사는 아니다. 공영주차장 확충, 상가와 건물 신축시 충분한 주차공간 마련과 무엇보다도 시민들의 준법의식 제고가 시급함에도 그 어느 하나 제대로 지켜지지 않고 있다. 바로 옆에 주차장을 두고도 몇 푼 주차료를 아끼려고 또는 귀찮다는 이유로 스스럼없이 자행하는 불법 주정차는 아쉽게도 철저한 단속만이 현실적인 해결책이다.

　단속인원 확보가 어렵고 효율성이 문제된다면 대학생 아르바이트를 활용하여 체계적인 적발을 지속할 수 있다. 그리하여 불법주차 감소, 지자체 수익증가, 그리고 대학생을 포함한 청년계층에 대한 경제적 배려라는 여러 이점을 도모할 수 있다. 다만 대학생 인력을 활용한 주차단속은 자칫하면 마구잡이식 실적위주 행태가 우려되는 만큼 철저한 사전교육과 감찰활동으로 공정한 업무수행이 이루어져야 할 것이다. 또한 외국과 같이 노상주차공간에 5-10분 단위로 주차권을 발급하는 기기를 설치, 자율적인 주차의식을 고취하고 이를 위반하는 경우 엄격한 범칙금을 부과하는 방안도 고려할 만하다.

　각 지자체 역시 나름대로 불법 주정차 계도에 애를 쓰고 있으나 특히 선거철에 즈음하여 단속의 손길이 매우 느슨해지고 있다. 사회 각 분야에서 부조리한 관행과 구습이 신속히 개선되고 있음에도 잘못된 주차질서는 유독 시정의 기미가 더디다. 단속만이 거의 유일한 대안인 서글픈 우리 사회풍속도 속에서 보다 근본적이고 미래지향적인 주차문화 정립을 위한 활발한 논의를 서두르자.

질서, 지켜봐야 나만 손해?

오물투기, 음주소란, 노상방뇨, 주취 같은 기초질서 위반사범이 지난해 같은 기간에 비해 235.9퍼센트나 증가했다는 사실은 오늘 우리 일상의 그림자를 보여준다. 적발되지 않았으면 그냥 넘어갈 텐데 재수없게 걸려서 나만 손해본다는 인식이 사라지지 않는 한 이런 부끄러운 자화상은 끝없이 이어질 것이다. 경찰은 그때마다 전가의 보도처럼 강력단속을 앞세우며 근절을 다짐하지만 반짝효과에 그칠 뿐 어두운 그늘의 버섯처럼 나날이 자라가기만 한다.

최근 검찰이 천명한 음주운전자 벌금액 하향조정도 질서위반 근절을 어렵게 하는 요인으로 작용하지 않을까 우려된다. 누차 추상 같던 단속, 처벌방침을 천명해 온 경찰이 경제상황을 이유로 음주운전에 관대한 자세로 전환한 것은 의외로 사리에 맞지 않는다.

단속기관의 일관된 의지는 범죄예방과 질서유지를 위한 최소한의 장치다. 하기야 고위 공직자, 사회지도층의 부정, 비리, 독직이 꼬리를 무는데 금연구역 위반 같은 범칙금 부과는 너무하지 않느냐는 볼멘소리가 나올 법도 하다. 탁월한 업무능력과 정치수완으로 기대를 모았던 인사들이 하나같이 이런저런 비리에 연루되어 옷을 벗거나 사법처리 되는 이즈음 생활사범에 대한 단속은 설득력이 없기 때문이다.

쪼들리는 경제와 뜻 같지 않은 사회, 가정형편을 비관하여 홧김에 우발적으로, 또는 나 하나쯤이야 하는 방심에 자행하는 질서위반은 국가나 지역 이미지를 결정적으로 해치는 독소로 번져나간다. 무엇보다도 건전한 시민교육이 시급하다. 입시 위주의 파행적인 학교교육, 아버지와 어른의 훈계가 먹히지 않는 가정과 사회, 금전만능과 편법 요행으로 치닫는 의식, 그리고 영(令)이 서지 않는 공권력 위축도 그렇고, 무엇보다 모범을 보여야 할 지도층 인사들의 잇따른 몰락 속에서 질서준수, 준법행위 강조는 말뿐으로 그치지나 않을지.

단속은 중요하다. 가혹하다 싶을 정도의 엄벌을 위한 법적 근거를 마련하는 일은 반드시 필요하다. 하지만 그보다 더 시급한 일은 사소한 질서위반을 부끄러워하는 사회분위기에 대한 공감대를 확보하는 일이 아닐까. 사회단체, 학계, 언론계, 종교계, 행정력이 함께 힘을 모으는 대대적인 사회캠페인이라도 벌여야 할 때다.

‘술 권하는 사회’ 언제까지

새해에 다짐한 여러 각오들이 1주일 남짓 지나는 사이에 퇴색되고 결심이 무뎌지면서 이른바 작심삼일로 그칠 고비가 되는 이즈음이다. 건강을 챙기기 위해 운동을 열심히 하자, 담배를 끊자, 자동차 이용을 줄이고 많이 걷자, 알뜰한 절약과 재테크로 재산을 불리자 등등 개인적 바람들이 어느새 흐지부지되기 십상인 첫 시점에 이르렀다.

팍팍한 세상의 스트레스와 인간관계의 어려움을 술과 담배로 비교적 손쉽게 풀어온 우리 사회 관행에 비추어 금주, 절주를 실천하기란 그리 쉬운 일이 아니다. 더욱이 음주에 관한 한 흡연규제의 엄격함에 비해볼 때 비교적 너그럽다. 담배의 경우 20년 전 80퍼센트에 가깝던 남성 흡연률이 45퍼센트까지 떨어지면서 굉장한 확산을 이루었지만 술에 대한 절제는 여전히 속도가 더딜 뿐 아니라 효율적인 대책이나 정책 마련도 굼뜨다.

빠른 금연, 더딘 금주　‘술 권하는 사회’가 쉽사리 사라지지 않는 이

유는 보는 시각에 따라 다르겠지만 전통적으로 술에 관대한 인심, ‘빨리빨리’ 마시는 습성, 시간차를 두고 제공되는 ‘시간계열형’ 외국 식단에 비해 한꺼번에 벌려놓고 먹는 이른바 ‘공간전개형’인 우리나라 음식문화도 한몫하고 있다. 대화기술이나 취미생활이 미흡하여 오랜 시간 이야기를 이어나가기 어렵고 또 두려워 음주와 고스톱이 발달한 것이라면, 이러한 국면을 역으로 생각해 보면 지나친 음주문화를 바로잡을 해결책이 나타나지 않을까 싶기도 하다.

최근 참살이 열풍을 타고 와인이 급속히 부상하고 있다. 와인도 알콜 도수 12도가 넘는 술인데 무슨 건강음료나 되는 듯 빠르게 확산중이다. 서점에도 와인 관련 신간서적이 20여 종이나 깔려 있고 각종 매체나 기관단체에서는 와인 특강이 성황이다.

과거 양적 음주에 치우친 술문화를 바로잡고 건전한 음주행태를 위한 대안으로서의 와인은 타당성이 있다. 와인의 장점도 주목할 만하다. 하지만 요즘의 와인열풍에는 거품과 또 하나의 부자연스러운 형식과 제약을 만드는 역기능이 상존한다. 와인 마시는 사람을 모두 와인전문가인 소믈리에나 와인 평론가로 만들기라도 하려는 듯 필요 이상의 절차와 우리 정서에 어울리지 않는 국적불명의 고난도 매너를 요구하는 것은 아닌지. 와인잔을 어떻게 잡고 어찌 마셔야 하며 이러이러하면 에티켓에 어긋난다는 까다로운 격식은 그렇지 않아도 길 잃고 헤매는 우리 사회 음주문화를 엉뚱한 방향으로 이끌어갈 수도 있다.

누구나 편하게 분위기와 자신의 형편에 맞게 적절히 즐긴 뒤 멈춰서는 음주문화 확립이 필요하다. 맥주 한 잔을 놓고 몇 시간씩 대화를 나누거나 독서를 즐기는 서양인들의 여유는 시사하는 바가 크다.

'와인열풍', 어떻게 볼까 술로 인한 크고 작은 폐해가 나날이 증가하고 음주가 야기하는 사회 손실이 엄청난 이즈음 이다. 나날이 낮아지는 청소년 음주 연령, 향취를 즐겨야 할 고가의 양주를 맥주에 섞어 음미하지 않고 들이켜는 폭탄주 습관, 매년 희생자를 내는 대학 신입생 환영회 음주 강요, 나날이 각박해지고 과격해져 가는 국민 심성에 비추어 지나친 음주관행은 시한폭탄과 같은 위험성을 안겨준다.

세계에서 손꼽는 음주나라라는 러시아, 우크라이나 등은 오랜 사회주의로 인한 폐쇄적인 삶과 매서운 추위, 열악한 사회 인프라 때문이라고도 하지만, 아름다운 강산에 사계절 기후 변화가 뚜렷한 우리나라까지 거기에 끼어들어 우뚝 설 이유가 무엇일까.

'개인적 복수', 어떻게 이해할까

버지니아 공대 참사에 즈음하여 우리나라에서도 총기 판매가 자유롭다면 어떤 일이 일어날까 걱정하는 사람들이 많았다. 나날이 심성이 격해지고 참을성이 줄어들면서 논리와 상식으로 해결하기보다는 감정과 신체-언어폭력이 앞서는 현실에서 총기류 규제가 남아 있는 현실이 더없이 다행이라는 것이다.

물론 음성적 경로를 통한 밀거래나 엽총, 공기총을 이용한 살상도 드물지 않지만 이번 기회에 총기단속 규정을 더욱 강화하고 처벌규정을 대폭 상향조정해야 한다는 여론도 높다. 그런 의미에서 재벌그룹 총수가 연루되었던 폭행사건은 우리 사회 폭력의 현주소와 수위를 성찰하는 반면교사의 교훈이 되었으면 하는 바람이다.

여론은 이 사건을 사회지도층의 도덕불감증이나 단순한 흥미 위주로 몰아간 점도 있다. 물론 실정법 위반은 지위 고하를 막론하고 동일한 잣대로 처리해야 하지만 지금껏 이른바 유전무죄, 무전유죄라는 자조적인 표현이 함의하는 사회정의의 혼돈을 연상하면서 또다시 일과

성 해프닝으로 마감하지 않을까 우려가 되기도 했었다.

자기 아이가 맞고 들어왔을 때 흥분하거나 잠시 이성을 잃지 않을 부모는 없다. 더구나 자식 사랑이 각별한 우리나라 사람들은 물불 가리지 않고 뛰쳐나가는 경우도 곧잘 보게 된다. 법에 의지하여 절차에 따른 순리적 처벌보다는 즉각적인 반응이 앞서는 것이다.

몇 년 전부터 우리 사회에서는 개인차원의 복수나 보복을 주제로 삼은 영화가 다수 제작되어 큰 성공을 거두었다. 미국 할리우드 영화에서나 단골소재로 쓰이던 테마가 이제 우리 일상에 바짝 다가서서 엄청난 영향력을 행사하게 된 것이다. 「올드보이」가 그렇고 「친절한 금자씨」, 「괴물」 역시 법 정의를 비웃는 한 개인의 충동적이면서도 치밀한 보복을 통해 한풀이를 이루는 줄거리다.

관객들은 주인공들의 무용담과 계산된 플롯에 의해 성취되는 복수에 쾌감과 전율을 느끼며 이윽고 공감대를 형성하게 된다. 그 바탕에는 우둔한 공권력, 개인의 하소연에 귀를 막는 비정한 사회안전망이 전제되어 있다. 물론 여기에는 억울한 희생과 누명, 그 결과 예기치 못한 가족과 개인의 파멸이라는 공통분모가 있다.

그러나 이들 영화의 엄청난 파급효과나 흥행면, 예술성에서 모두 국산영화의 한 획을 그었다는 점에서 '개인적 복수'의 사회적 수용과 영향력은 심각하게 고려할 문제가 아닐 수 없다. 청소년들의 감수성에 민감하게 각인될 경우 향후 법에 호소하고 의지하기보다는 폭력으로 응징해도 별다른 죄책감이나 도덕적 성토의 대상이 아니라는 의식이 확산될 수 있기 때문이다.

개인적 복수를 어느 선까지 용인해야 할까. 정상참작은 누구에게나 항상 열려 있지만 그것이 사회지도층이라는 이유로 과도하게 적용되어서는 안 된다. 그렇다고 여론몰이에 따른 처벌 역시 바람직하지 않다. 맞고 들어온 아들을 진정시킨 뒤 자초지종을 들어보고 차분하게 타이르며 개인적, 형사-민사적 차원의 현명한 해결책을 기대하는 것은 당사자의 심정을 몰라서 할 수 있는 말뿐일까.

거대한 기업군을 수십 년 이끌어온 경륜과 균형감각, 앞을 내다보는 혜안이 한순간 마비되었던 부성애를 바라보는 심정은 자못 착잡하다. 모두 부모의 입장, 가해자, 피해자의 처지에서 성찰해 보는 계기가 필요한 때다.

'우리' 에서 '나' 로, 호칭의 사회학

아침에 눈을 떠서 잠자리에 들기까지 우리는 수천수만 건의 광고에 노출되어 있다. 주의와 집중력 한계로 다만 의식하지 못하는 것일 뿐 우리를 파고드는 광고들의 집요한 소구와 엉킴은 나날이 혼란스러워진다. 이래도 관심을 갖지 않겠느냐는 듯 광고의 기법, 자극적 표현수위와 변별력 또한 나날이 높아간다.

그 중 하나의 방안이 광고주가 소비자를 향해 던지는 '호칭규정'이다. 광고는 설득 커뮤니케이션이 주된 기능이지만 설득만을 목표로 하지는 않는다. 보다 구체적인 목적, 즉 특정 브랜드나 기업의 이미지 구축으로부터 개별상품, 서비스 판매에 이르기까지 다양하다. 소비자의 구체적 행동과 참여를 촉구하는 것이다.

사라지는 '우리', '나'의 득세　　　이런 목적을 위해 광고에서는 소비자를 부르는 인칭 선정에 주의를 기울인다. 호칭효과는 일상생활에서도 그러하거니와 특히 광고에서는 광고효과를 높이는 역할과 함께 소비자를 특정 위치에 놓이게 하기 때문이다.

1960~70년대 광고 초기에는 당시 사회상을 반영하듯 1인칭 복수형 '우리…'가 강세를 이루었다. 가난으로부터 벗어나 잘살 수 있다는 가능성이 보이던 시절 '우리'는 연대감 확인과 더불어 힘을 모으는 시너지효과의 원천이며 끈끈한 동질감을 자아낼 수 있었다. 새마을노래에서 울려퍼졌던 '우리도 한번 잘 살아보세'라는 대목은 419혁명 이후 다시금 확인된 공동체의 가능성과 힘이었던 것이다.

그 후 80년대를 거치면서 특히 90년대에 이르러 개인주의의 확산으로 '우리'는 점차 사라지고 1인칭 발화현상이 이를 대체한다. 특히 여성과 젊은 층의 상품구매력이 증가하면서 주요소비집단으로 떠오르는 동안 개인 취향이 강조되는 제품이나 서비스에 '나'를 앞세운 광고카피는 적잖은 효과를 발휘하기도 했다. 더불어 힘을 합치고 지혜를 모으기보다는 자신만의 영역과 개성을 챙기면서 독특한 삶의 스타일을 부추기는 1인칭 광고의 범람은 결과적으로 '개성의 모순'을 낳았다. 다른 사람과의 차별화를 위한 '나'의 강조가 남용되면 모두가 그렇고 그런 천편일률적 획일성에 빠진다는 역설에 이른다.

광고가 사회의 흐름과 의식, 취향, 가치관을 드러내는 징표라면 '나'라는 견고한 성채 속에 도사린 개인성향, 이기주의는 오늘 우리 삶의 그림자다. 우리 집, 우리 마누라라는 표현이 자연스러웠던 '우리'의 끈끈한 결속력과 나눔의 정이 '나'로 급속히 옮겨가는 동안 아파트, 자가용, PC, 휴대전화 같이 한결같은 개인용도 상품의 놀랄 만한 성장을 경험한 사실도 무관하지는 않을 것이다.

'나'와 '저'의 간격　　같은 1인칭이지만 '나'보다 '저'는 그래도 겸손의

미덕과 공동체를 지향하려는 소박한 의지의 출발이 담긴 듯하다. 자신을 낮춤으로써 자연스럽게 물꼬를 트는 상대방 인정, 상호소통과 연결가능성 같은 소중한 화두는 힘을 얻는다.

그러나 아쉽게도 이러한 '저'라는 호칭마저 차츰 드물어진다. 방송에 소개되는 유명인사들의 자기호칭은 대부분 '나'로 일관한다. 기성 정치인의 식언과 이율배반에 실망하여, 긍정적 이미지의 정치신인, 유망주 역시 자신의 발언이 방송을 전제로 녹음, 녹화되는 것임을 알고 있을 터인데도 조금도 거리낌 없이 "나는…"을 마다하지 않는다.

'나'와 '저'의 미세한 편차를 지나치게 확대하여 편가르기 할 필요는 없지만 국민을 하늘처럼 여기고 있다며 모든 일마다 국민의 뜻 운운하면서도 주저하지 않고 내뱉는 '나…'의 쓸쓸한 여운 속에서 오늘 우리 사회의 혼란과 무질서의 단면을 읽는다.

끝간 데 없이 이어지고 확대되는 사회지도층 인사들의 의혹 연루와 몰락, 기대를 모았던 유능한 공직자들의 이해하기 어려운 말바꾸기와 어긋난 행적의 결말과 TV나 라디오에서 그들이 하나같이 '나…'라는 호칭으로 운을 떼는 것을 연결시켜 보는 것은 지나친 신경과민일까.

국민연예인과 국민지도자

언제부턴가 '국민배우', '국민가수'라는 용어가 자연스럽게 쓰이고 있다. 방송사나 연예기획사에서 전파시킨 표현일 수도 있겠지만, 대체로 그 개념은 남녀노소 모두에게 호감을 주고 비교적 오래 별다른 스캔들 없이 활동하고 있는 인사들을 가리킨다. 최불암, 김혜자, 안성기, 이미자, 조용필, 태진아, 송대관 같은 분들이 그러하다.

국민배우의 조건 프랑스의 경우도 우리나라 '국민' 연예인들의 이미지와 대체로 비슷하다. 오래 전 세상을 떠난 배우 장 가뱅이 그러했고 지난해 76세를 일기로 별세한 배우 필립 누아레 역시 국민배우 대접을 받았다. 이 밖에 배우 장 폴 벨몽도나 제라르 드파르디외 역시 지금은 활동이 뜸하지만 '국민배우'다. 알랭 들롱을 국민배우로 부를 것인가에 대해서는 다소 이견이 있다고 하니 국민배우는 그리스 조각처럼 깎은 듯 준수한 외모나 몸매보다는 좀 투박하더라도 편하고 인간적인 인상에 후한 평가가 주어지는 모양이다.

필립 누아레의 용모나 체격은 눈길을 끌지 않았다. 내면에서 울려나오는 자연스러운 연기, 여러 역할에 어울리는 '다양성'의 미덕에 더 큰 점수가 매겨졌다. '다양성'을 문화의 긍지로 삼아 물량공세를 앞세우는 미국문화의 획일성에 대항하고 있는 프랑스로서는 필립 누아레의 타계가 원로배우 한 사람의 죽음 이상의 아쉬움을 줄지 모른다.

「시네마 천국」에서의 영사기사, 우리나라에서는 '회상'이라는 제목으로 상영된 '낡은 총'에서의 분노한 아버지, 우리 영화「투 캅스」의 텍스트였던「마이 뉴 파트너」에서의 부패하고 노회한 경찰관 역할에 이르기까지 필립 누아레의 연기 변신은 인간 내면의 복합성만큼이나 다양하고 천의무봉했다. 장 가뱅이 주로 범죄물 같은 사회고발 영화에서 두각을 나타냈다면 필립 누아레는 귀족에서 서민에 이르기까지 맡은 역할에 몰입하여 새롭고도 인상적인 인간형을 창출해내는 비범한 재능을 보여주었다.

부러운 베트남, 국민영웅 호치민

팍팍하고 어려운 세상살이에서 진정한 국민배우나 국민가수가 있다는 것은 행운이다. 그보다는 국민의 공감대가 형성되어 존경과 숭배가 모아지는 인물을 가진 백성들은 더 복받은 사람들이다. 호치민(胡志明)이라는 지도자에 대한 전 국민의 숭앙은 베트남의 탄탄한 미래를 약속하는 원동력이 되고 있지 않은가.

8천만 가까운 국민의 70퍼센트 가까이 30대 이하의 젊은 세대이고 높은 교육열, 기막힌 손재주와 풍부한 감성, 3모작이 가능한 쌀재배, 그리고 무엇보다도 30여 년 전 통일을 이루어 우리가 당면한 통일 부담에서 일찌감치 벗어나 중국의 비약적 성장을 넘보는 베트남 국민들의 마음속에 자리잡은 국민영웅 호치민의 존재는 국민배우, 국민가수의 차원에 비교될 바 아니다.

불행히도 그리 존경받는 국가원수나 지도자를 갖지 못한 우리 사회는 국민배우나 국민가수, 국민코미디언, 국민운동선수에 만족해야 할까. 앞으로 계속 추가될 '국민-' 연예인을 바라보는 것만으로 민족의 정서를 결집시키고 국민의 저력을 드높일 국민영웅 부재의 아쉬움을 삭일 수 있는가.

깨끗하고 정당한 방법으로 사회에 기여하면서 부를 축적한 존경받는 국민재벌을 찾기 어려운 현실은 또 어떠한가. 승승장구하던 중 결국은 비리에 연루되어 어두운 그림자를 남기며 종종걸음으로 사라졌다가 잊혀질 만하면 슬그머니 다시 등장하는 사회지도층을 언제까지 바라보아야 할까. 아무래도 당분간은 국민배우들의 흐뭇한 연기나 국민가수들의 노련한 열창에 만족해야 할 듯싶어 갖가지 감회가 엇갈린다.

위험수위 넘은 음란퇴폐 광고

인터넷 공간을 누비는 이른바 스팸메일이 사회적 공해로 등장한 것은 어제 오늘 일이 아니다. 쓰레기 메일을 지우는 데 소요되는 시간과 노력, 비용은 엄청난 것이어서 국력 소모 차원에 이르렀다.

현실적으로 스팸메일에 관심을 보여 응답하는 비율이 놀랍게도 5퍼센트가 넘는다고 하니 앞으로도 계속 사이버 음지에서 공해로 살아남을 전망이다. 더구나 그 수준과 기법도 나날이 교묘해지고 지능화되어 일반자료나 회신, 진지한 사연으로 위장하거나 노골적으로 음란퇴폐를 부추기는 상스럽고 질 낮은 문구와 이미지로 도발한다.

세계적 인터넷 강국인 우리나라가 겪어야 할 과도기적 현상으로 간주할 수도 있지만 당국의 여러 노력에도 불구하고 아직 뚜렷한 근절방안 마련이 쉽지 않다는 데 문제의 심각성이 있다.

오프라인 상에서는 도로 곳곳에 주차한 차량 창문에 꽂히는 명함 크기의 퇴폐업소 전단은 이제 환경오염의 주범이 되었다. 특히 초, 중등학교 주변에까지 무차별 살포되는 음란성 광고지는 아무런 대책도 없이 청소년들에게 무방비로 노출되고 있다. 성범죄 예방차원이나 욕구해소 측면에서 향락업소의 존재는 자본주의 사회의 필요악이기도 하다. 그러나 선진국에서는 이미 오래 전에 사양길에 접어든 퇴폐, 음란업종이 인터넷 보급과 어지러운 사회정서에 편승하여 기승을 부리는 우리의 현실은 이제 사회병리 차원에서의 진단과 처방을 필요로 한다.

우리나라처럼 전국 곳곳에서 성매매 행위가 가능한 경우는 세계적으로 흔치 않다. 각종 접객업소가 궁극적으로 성을 팔고 사는 차원을 지향하고 그 규모며 부가가치가 날로 강력해지는 요즘 무분별한 광고공해는 엄청난 부작용을 불러온다. 특히 스포츠신문 하단의 광고가 그러하고, 대부분 일본여성의 얼굴과 신체를 무단복사한 전단지를 포함하여 각종 광고매체를 통한 대규모 음란퇴폐업종 창궐을 속수무책으로 바라볼 수밖에 없는 것일까?

관계법령을 정비, 강화하여 생활환경과 정서, 의식을 오염시키는 선정성 광고매체를 엄격히 단속, 처벌해야 함은 물론 건강한 여가선용, 성교육과 함께 무엇보다도 기성세대들의 무절제한 욕구분출과 쾌락 탐닉에 대한 성찰이 앞서야 할 것이다.

조국을 등지는 저 행렬

협한 나라를 벗어나 지구촌 시대에 걸맞게 해외로 눈을 돌려 새로운 가능성을 모색하는 일은 바람직하다. 부존자원이 빈약하고 여러 상황이 어려울수록 국제화 의식과 행동은 유용한 대안이 되기 때문이다. 세계 곳곳에 뿌리내린 한인사회의 경쟁력은 그 좋은 징표다.

그러나 끝이 보이지 않는 경기침체로 기업인, 자영업자들은 해외이주 또는 국외사업체 진출을 궁리하고 청년실업자의 증가는 두뇌의 해외유출을 가속화시킨다. 공교육에 대한 불신과 과도한 사교육비 부담, 기형적인 입시제도의 질곡은 엄청나게 많은 학생들을 어학연수와 조기유학 등으로 빠져나가게 한다. 무역수지를 악화시키는 외화송금도 그렇지만 자의적 이산가정의 증가는 크고 작은 사회문제를 낳는다. 점차 가속화되는 우리 사회 공동화현상을 이대로 둘 것인가.

꿈과 희망을 주기는커녕 끊임없이 소모적인 정쟁과 과거 들추기에 급급한 정치권도 그러하고 나날이 흉흉해지는 사회분위기며 달혀만 가는 민심이반도 심각하다. 민생, 경제관련 법안을 마련하고 불합리한 제도와 규제를 과감히 뜯어고치기에도 바빠야 할 정치권의 구태답습은 이제 불안스럽다.

국내 우량기업은 해외자본 잠식에 무력하게 넘어가고 얼어붙은 내수경기로 지갑은 열리지 않는다. 기업체의 해외 이전은 그렇지 않아도 영세한 국내 고용시장을 더욱 경색시킬 것이며 일자리를 얻지 못한 젊은이들의 외국행은 결과적으로 조국에 대한 배신감과 피해의식을 부추긴다. 어린 나이의 외국유학은 정체성 없는 국민의식 조성에 일조할 것은 명확하다.

난마와 같이 얽힌 이즈음 사회분위기와 너나 없는 해외진출 러시의 부작용을 바로잡을 방안은 무엇보다도 불합리한 제도와 법규, 관행을 척결하고 상식과 기본이 바로 서는 사회조성에 있다. 산업화시기를 거쳐 정보화 사회로 진입하면서 그간 눈 감고 방치했던 모순과 부조리, 사회악의 싹들이 이제 엄청나게 성장하여 우리에게 되돌아오고 있는 것이다.

조국을 등지고 떠나는 저 행렬을 불러들일 묘책 마련에 나서자.

항렬(行列)자를 버리는 사회

유럽이나 특히 미국 각급학교 출석부를 보면 우리와 다른 모습이 두드러진다. 우리나라에서는 성(姓)은 김, 이, 박, 최, 정, 조, 윤, 강씨..... 같은 큰 성씨를 중심으로 대체로 일정한 비율을 이루고 희성(稀姓)은 문자 그대로 드물다. 반면 이름은 특히 청소년 층의 경우 같은 이름이 거의 없다. 예전같은 철수, 영희 집중이 사라진지 오래다. 이를테면 성씨는 편차가 크지 않고 이름은 제각각으로 요약된다. 서양의 경우 우리와 반대이다. 대체로 흔히 쓰이는 몇몇 이름으로 집중되고 같은 학급이나 학과에 동일한 성이 극히 드물게 보이는데 미국이 인구규모가 크고 여러 나라에서 모여든 이민국가라는 점을 감안한다해도 그들의 뿌리인 유럽 각국에서도 그러하니 아마도 서구의 일반적인 현상이 아닐까 싶다. 우리나라는 건국 이후 김씨, 이씨 성을 가진 대통령 각 2명, 노씨 성의 대통령 2명 등 성씨의 집중현상이 특별나다.

최근 급격한 다민족화 추세에도 불구하고 우리는 아직 단일민족의 응집력과 독자적인 이름 형성과정을 지니고 있다. 특히 항렬(行列)문화가 그러한데 이는 비동양권 다른 나라에서는 그리 흔치 않은 일이다. 동양사상의 핵심을 이루는 5행설을 중심으로 나무(木)-불(火)-흙(土)-쇠(金)-물(水)로 이어지는 오행 논리는 서양의 이른바 4원소론(물, 불, 공기, 흙)보다 더 진화하고 다양한 함의를 지니고 있는 것이다. 많은 가문에서 이 5행을 바탕으로 항렬을 만들어 돌려 씀으로써 친족간의 유대감 형성과 가문의 고유한 전통을 자부하면서 오랜 세월을 이어왔다. 물론 성씨에 따라서 5행 대신에 한자로 1,2,3 같은 숫자를 사용한다거나 갑을병(甲乙丙)의 순서로 이름을 짓기도 하지만 대체로 오행 항렬을 존중하고 집안의 고유한 돌림자 문화를 자부해온 것이 사실이다. 그러다보니 비슷한 또래 같은 항렬에서 동일한 이름이 나오고 항렬자에 붙이는 다른 한 글자가 발음상 매끄럽지 못한 경우도 자주 발생해왔지만 그 또한 가문의 전통으로 여기면서 대체로 이름에는 너그러웠다.

　시대가 급변하고 의식이 바뀌면서 특히 농촌이 피폐해지고 핵가족화가 두드러지면서 항렬자를 버리는 집안이 급격히 늘고있다. 더구나 한자문화에 익숙하지 않은 가장들이 자녀들의 이름을 짓다보니 한글 이름이 선호되고, 부르기 좋고 현대감각을 살린다는 취지로 고유한 전통이었던 항렬자를 미련없이 포기한 결과 너나없이 또다시 비슷비슷한 이름이 쏟아져 나오게 되었다. 이를테면 개성을 살려준다는 광고의 영향으로 같은 패션과 코디를 연출하다보니 개성은 어느새 사라지고 모두 획일적인 모습을 하게되는 '개성의 오류' 현상이 이름짓기에도 나타난 셈이다.

　예전에는 이름만 봐도 어느 집안의 몇 대손인지 짐작이 가능했다. 그리하여 자신의 이름에 긍지를 지니고 선조들의 명예를 욕되게 하지 않으려는 금도와 자부심, 동질감 같은 선순환 구조가 드러났다. 그러나 이제 모두 그만그만한 이름으로, 멋있어 보이는 이름을 향한 쏠림 현상은 우리 고유한 이름문화의 소멸을 부추기고 있다.

정녕 돌림자 사용은 배척해야할 고리타분한 구시대의 유산일까. 오묘한 철학과 세상이치의 원리가 담긴 항렬자는 새로운 시대의 흐름을 역행하는 전근대적인 풍습일까. 이런 추세라면 우리나라도 홍콩이나 싱가포르 처럼 '공식적으로' 영어식 이름을 붙이고서 국제화의 첨병으로 행세할 날도 머지 않은듯 하다. 이제 한 가정에 아이가 하나 둘이고 보니 사촌, 집안간에 이름이 같아 혼동을 겪는 일은 없어졌다. 항렬자를 살리면서도 예쁜 이름, 부르기 좋고 들으면 즐거워지는 이름을 궁리해 보면 얼마든지 있으련만 모두들 전통을 벗어나기에 급급하고 공동체 문화에 대한 부정적인 인식만 커지는듯 하다. 그렇지 않아도 나날이 광풍으로 번져가는 영어열기, 우리말에 대한 관심저하, 한자외면, 고유문화를 향한 부정적 편견이 심각한 이즈음 국적불명의 이름으로 국적불명의 삶을 살게 되지나 않을까 싶어 걱정이다.

사형제도 존폐 논쟁, 매듭짓자

17대 국회가 끝나고 민생문제를 포함하여 그간 해결하지 못한 적지 않은 과제가 18대 국회로 넘어왔다. 그 중 중요한 의제의 하나가 사형제도 존폐 논의다. 15대 국회에서 시작되어 16대를 거쳐 17대 국회 중반까지 활발한 토론과 연구과정을 거쳐 의원입법 등으로 가시적인 성과가 드러나는 듯 하다가 올해 대통령 선거 열기에 휩싸이면서 소모적인 정쟁, 당리당략에 밀려 흐지부지 되어 그간의 노력이 무위로 그칠까 아쉽다. 1997년 12월 30일 이후 우리나라에서는 단 한 번도 사형이 집행되지 않아 올 12월 28일까지 집행이 없다면 사실상 사형폐지국가가 되어 관련단체에서는 사형폐지국 선포식을 준비하고 있다지만 아직 사회여론은 대립각을 늦추지 않고있다.

사형제도 찬반 논쟁, 초점은 수백 년전 논쟁이 시작된 이후 어느 나라를 막론하고 지금까지 이 논의가 계속될 수 있는 쟁점은 대략 다음과 같다.

> 1) 존엄한 생명의 가치는 절대적인 것인데 국가나 사회가 이를 박탈
>   할 수 있는가 없는가
> 2) 사형제는 범죄예방효과가 있는가 없는가
> 3) 사형제 폐지에 대한 국민여론이 충분히 수렴되었나 그렇지 않은가
> 4) 모든 범죄에는 일정부분 국가나 사회의 책임이 있으므로 이 책임
>   을 나 누어 져야하는가 그럴 필요가 없는가
> 5) 사형제는 다른 형벌제도로 대체할 수 있는가의 여부 등이다.

양쪽 주장 모두 나름대로 논리와 설득력을 갖추고 주기적으로 논쟁
이 가열되어 왔다. 즉 한동안 폐지론이 힘을 얻다가 사회의 공분을 일
으키는 사건이 발생하면 유지론이 득세하면서 양자는 팽팽하게 맞선
다. 요컨대 누구든 사형집행현장을 보면 폐지론자가 되고 살인현장을
보면 존치론자가 될 수 있기 때문이다. 몇 년 전 우리나라 여론조사에
서도 사형제도 찬, 반이 비슷한 비율로 집계되어 아직 뜨거운 논쟁의
불길은 상존해 있다.

오랫동안 사형제도는 사회정의 차원에서 또는 범죄예방을 위하여
필요한 제도라는데 인식이 모아졌다. 그러나 법의 이름으로 다시 사람
을 죽이는 것이 본질적 인권차원에서나 그 효과면에서 실효가 있는가
에 대한 의문이 공론화되면서 사형제도 존폐문제는 향후 지대한 관심
속에서 여러 생산적 담론을 이끌어낼 수 있었던 것이다. 이제 더 이상
미루지 말고 사회 공감대 형성과 합리적이고 철저한 연구를 통하여 이
문제에 대한 결론을 도출할 시점에 이른 듯하다.

빅토르 위고의 대안   이 논쟁과 관련하여 1829년 프랑스 작가 빅토르 위고가 발표한 1인칭 독백형식의 작품 '사형수 최후의 날'에서는 사형제도에 대한 방법적 반박을 통하여 설득력 있는 주장을 펼친다. 다른 분야의 놀랄만한 진보, 수준향상에 견주어 볼 때 우리사회 사형제도 찬반담론의 논거와 스펙트럼이 아직 19세기 전반 빅토르 위고 시대의 수준을 크게 넘어서지 못하고 있음은 무슨 까닭일까.

위고는 위험한 개인의 경우 투옥으로 충분하며 사회는 그의 생명을 빼앗을 권리나 실익이 없다고 주장했다. 사회의 이기적 태도와 구조적 악덕의 결과로 구성원 일부를 범죄로 몰아넣는 환경을 만들고, 과오를 범한 범죄자에게 죽음을 언도한다해도 별 의미가 없다는 것이다. 위험한 범죄자로부터 사회를 보호하려면 감옥이면 충분하다는 것이 위고의 일관된 주장이다.

사형제 옹호론자들은 이 제도를 폐지하면 무기징역에서 15년 형 등으로 감형되어 몇 년 지나지 않아 다시 사회로 복귀하여 더 큰 범죄를 저지를 가능성이 있으므로 이를 미연에 방지하려면 사형이 차선의 방법이라는 논리를 펼친다. 나아가 수감 중에 모든 수인이 모두 교화되는 것도 아니라고 한다. 가석방 없는 종신형은 사형보다 더 잔혹할 수 있다고 주장한다. 생명을 잃는 것보다 종신형 복역이 낫다고 하겠지만 그것 역시 제3자의 일방적 생각일 수 있을뿐더러 그렇다고 가석방을 배제하지 않는 종신형은 종신형으로서의 의미가 없을 수 있다. 존치론자들은 그러므로 형벌로서의 사형이 갖는 무게와 효과는 오직 사형 자체로서만 실현될 수 있다고 주장한다.

이에 대하여 위고는 형기를 마치고 출소한 사람들, 과오를 뉘우치고 새롭게 살아보려는 사람들에게 과연 사회는 얼마나 사랑을 베풀고 재활을 위한 용기를 주었는지 반문하면서 불후의 명작 '레 미제라블'의 주인공 장 발장의 선행과 연민을 통하여 전과자가 성인으로 변모하는 선순환 구조의 정점을 보여주었다.

낭만주의 이상론인가   사형제도는 사법의 살인이라고 규정한 위고는 그 악용 가능성과 사법부의 오판 위험을 예로 든다. 과거 군사정부 시절 숱한 반정부 인사와 시국관련 인물들이 조작된 절차에 의거 사형언도를 받고 다음날 집행되었던 어두운 기억을 우리는 가지고 있다. 사형폐지와 더불어 교육확대, 인성교육 강화, 법전 정비, 교정시설과 형벌제도 개선을 추진하면서 법관은 모름지기 '의사'가 되어야하고 감옥은 '병원'의 기능을 수행해야 한다는 빅토르 위고의 주장을 19세기 프랑스 낭만파 인도주의 작가가 외친 공허하고 순진한 이상론이라고 단정하기에는 지금 우리사회의 여러 현실이 거기 너무 흡사하게 포개지고 있지 않은가.

찬반논쟁 통한 사회성숙 기대   올 대선과 내년 4월 총선을 앞둔 이즈음 줄다리기 하는 여론과 표를 의식하여 17대 국회임기안에 결론을 내기란 어려울 전망이다. 바라기는 18대 국회가 개원하면 광범위한 여론수렴과 토론을 거쳐 사형제도 존폐문제의 합리적인 결론이 흔쾌히 도출되어 모두가 승복할 수 있기를 바란다. 사형제도에 대한 찬, 반 의견이 이러한 일련의 과정을 거쳐 국민적 합의에 이르는 동안 우리 사회의식과 국민정서는 아마도 몰라보게 성숙해져 있을 것이기 때문이다.

'고령사회', 왜 진작 예측 못했나

경상북도 의성군. 1960~70년대 20여만 인구를 포용하며 경북 북부 행정, 유통 핵심지역으로 번성을 누렸으나 급속한 도시화, 산업화로 주민 대다수가 대구, 서울 등지로 빠져나가 군세는 날로 위축되고 별 특성 없는 그렇고 그런 소읍의 하나가 되었다.

그러던 중 의성은 최근 새롭게 세간의 주목을 받고 있다. 전국에서 고령화가 가장 앞선 지역이 되어 2026년 우리사회 인구구조를 앞질러 보여주고 있다고 한다. 이를테면 고령화사회와 고령사회를 거쳐 마지막 단계인 초고령사회에 어느새 접어든 희귀한 사례라는 것이다.

불안한 노후대책

요즈음 사회관심사는 '고령사회'라는 화두로 몰린다. 경제난국을 풀 묘책이 구체화되지 않은 가운데 곧 닥쳐올 노인인구 급증과 그 부작용은 엎친 데 덮친 격이다. 특히 TV에서는 4대 공적연금이 곧 파탄날 것이라며 연금수혜를 믿고 성실히 일하는 중장년층을 불안하게 만들고 젊은이 2.8명이 노인 1명을 '부양'해야 한다며 청

빵의 문화 장미의 문화

년층의 부정적 반발심리까지 은근히 부추기는 듯하다.

평균수명 연장, 출산율 저하 같은 일련의 현상이 어제 오늘 일이 아닌데 그 동안 별 관심을 기울이지 않다가 장기불황에 느닷없이 터뜨리는 까닭이 궁금하다. 머지않아 도래할 인구노령화에 대비하여 정부가 그간 손을 쓰지 못하였거나 나름대로 대책을 강구했으나 신통치 않아 국민의 이해와 각자 대비할 것을 당부하는 고육지책일까. 아니면 총체적 난국의 관심을 다른 데로 돌리기 위한 정략적 관심 분산책인가.

시급한 사안은 국민연금, 공무원, 군인, 사학연금 등 규모가 큰 펀드의 구조가 부실해질 경우 몰고 올 파장이다. 이미 어마어마한 규모의 국고로 보전을 하고 있지만 눈덩이처럼 불어나는 적자는 가공스럽다. 요컨대 퇴직 후 오로지 연금수령에만 의존하지 말고 각기 노후대책을 알아서 챙기라는 메시지로도 들릴 수 있다. 공무원, 교원, 군인이 퇴직 후 생계불안으로 근무를 게을리하고 재테크나 부수입 확보에 몰두할 수밖에 없는 상황도 예측가능하다.

재직기간 중 본인과 소속기관의 연금부담금을 늘이는 것도 한계가 있다. 선진국처럼 수입의 40퍼센트 정도를 사회보장 부담금으로 불입하고서도 노후에 만족할 만한 삶의 질을 보장받기 어려운 현실이 우리 눈앞에 있다.

열린 마음으로 노령화 대비　　　지금에 이르러 정부에게 왜 고령화 사회 진입속도와 문제점을 진작 소상히 밝히지 않았느냐고 따진들 무슨 소용 있을까. 상황이 더 어려워지기 전에 사회적 공감대를 형성하고 바람직한 대안을 마련할 때다.

노령화사회가 몰고 오는 것은 비단 연금고갈, 사회안전망 확충, 이미

황폐화한 농어촌 대책만이 아니다. 노인들의 일자리 창출과 여가선용, 날로 높아만 가는 실버계층의 성적욕구 해소를 위한 방안도 시급하다. 특히 최근 당국의 성매매 집중단속에 즈음하여 집창촌과 윤락업체를 출입하던 저소득 '젊은 노인'계층의 성욕해소가 차단되어 다른 부작용을 양산할 가능성이 높다.

평균수명이 늘어나는 것을 걱정스럽게 바라보지 말자. 건강과 일정한 삶의 질이 보장된다면 얼마나 축복받은 일인가. 넉넉지 못한 나라살림에 노후를 의존하기 어렵다는 생각이 팽배해질 때 그렇지 않아도 극도로 이기주의화하고 물신숭배로 치닫는 사회풍조와 의식이 더 극단으로 나아갈까 걱정이다.

단기적인 처방으로는 연금의 개인부담금을 일정비율 상향조정하고 당국은 보다 효율적인 재원확충, 자금 활용과 수익환원에 매진해야 한다. 무엇보다도 중요한 것은 서로 나누는 열린 마음과 공동체의식이 아닐까. 가진 자나 못 가진 자에게 똑같이 공평하게 다가오는 '늙음'을 슬기롭고 긍정적으로 받아들이며 더불어 살아갈 사회는 어디쯤 오고 있을까.

노령층 범죄노출 심각하다

노령화 사회가 급히 진전되면서 여러 사회징후와 부작용이 드러나고 있다. 서양 중세시대에는 평균수명이 30대였다고 하는데 기아, 질병, 불결한 생활환경 그리고 전쟁과 기타 여러 열악한 여건은 30대에 들어서면 죽음을 생각할 정도로 당시 삶은 허망하고 각종 위해요소로 둘러싸여 있었다. 15세기 프랑스 시인 프랑수아 비용은 서른 남짓에 쓴 '유언시'에서 "나는 젊은 시절을 그리워 한다/그동안 나는 늙음의 문턱에 설 때까지/ 그 누구보다도 많이 세월을 허송했는데/ 젊은 시절은 그 출발을 가려버렸구나...."라고 지난날 자신의 방탕과 오욕을 절실하게 후회하였다. 이 '늙은 젊은이'의 시구에서 당시 궁핍했던 일상과 속절없이 짧았던 평균수명의 우울한 그림자를 헤아려 본다.

지난 해 한국인의 기대수명은 남자 75.1세, 여자 81.8세로 조사됐다. 회갑연을 거창하게 치르고 '인생칠십 고래희(人生七十 古來稀)'라던 과거의 인식은 바뀐지 오래다. 영양섭생이 좋아지고 위생관념과 의료체계가 향상되면서 나날이 수명은 늘어간다. 노인복지가 사회안전망

구축의 중요과제로 등장하면서 노년층을 챙기는 이러저러한 혜택과 보살핌은 늘고있다. 노령층 역시 예전의 수동적, 체념적 태도에서 적극적인 활동이 증가하면서 사회 패러다임을 바꿀 정도로 삶을 향유하는 '젊은 늙은이'가 넘쳐난다. 반가운 일이다.

그러나 그 곁에는 아직 따뜻한 보살핌의 손길에서 비껴간 불우한 계층과 욕구해소에 갈등을 느끼는 노령층이 상존한다. 이즈음 범죄 피해자와 강력범죄 피의자중 70대 이상이 차지하는 비율이 급속도로 증가하는 것도 이와 무관하지 않을 것이다. 지금의 70대는 과거 50대 중, 후반과 맞먹을 정도로 체력과 의식, 사회참여 욕구 그리고 욕망 분출에 적극적이다. 70세 어민이 자신의 어선에서 성추행, 성폭행을 시도하다거 여러 명의 젊은 이들의 목숨을 앗아간 엽기적인 사건이 그러하고 알게 모르게 빈발하고 있는 어린이 대상 성추행, 크고작은 절도-강도 행각 그리고 최근 숭례문 방화사건 피의자 역시 69세였다. 강력범죄에 관련된 노령인구는 가해자, 피해자를 막론하고 특단의 관심과 배려, 법적 제도정비 없이는 끝없이 증가할 전망이다.

끼니와 잠자리가 해결된다고 노령층의 복지가 해결되지 않는다. 1960년대 이후 근대화, 산업화의 주역으로 열심히 일한 후 급속한 사회변화와 세대교체 그리고 핵가족화의 와중에서 소외되어 상대적 박탈감을 느끼는 노인계층의 욕구분출은 결국 그늘진 곳의 범죄로 연결되기 때문이다. 특히 노년의 성적욕구를 자연스러운 생리현상으로 받아들이지 않고 백안시, 외면하는 우리사회의 고정관념이 아직 견고한 이상 노인 강력범죄의 개연성은 상존한다. 각종 사회단체,기관, 복지관에서 노인대상 프로그램을 운영하고 있지만 아직 대상자에 비하면 혜택을 받는 분들은 턱없이 적고 실질적 도움 역시 기대에 미흡하다.

독거노인 돌보기, 기초생활 수급자와 각급 시설에 수용된 노인들에

대한 관심 못지 않게 특히 60~70대의 욕망을 해소시켜줄 사회의 관심
과 효율적인 프로그램 운영이 시급하다. 젊은 시절 일에 쫓겨 건전한
놀이문화를 습득하지 못했을뿐더러 체계적인 성교육 역시 받아볼 기
회가 없었던 노령층은 그리하여 사회적 무관심과 분출하는 욕망의 와
중에서 일탈과 범죄의 나락으로 빠지게 된다.

즐겁게 놀고 슬기롭게 욕구를 해소할 제도적 장치와 관심이 필요하
다. 노인의 성(性)을 자연의 이치로 간주하고 건전하게 해소할 너그러
운 시선과 방안을 마련한다면 증가하는 노인들의 일탈행위와 범죄노
출은 줄어들 수 있다. 레크리에이션으로 건전한 율동과 대인관계를 익
히고 젊은 시절 능통했던 기술이나 재능을 살려주는 작은 일자리 제공,
소외당하고 있다는 생각이 들지 않도록 끊임없이 베푸는 배려와 관심
에서 노령층은 사회주류로 편입되고 음습한 유혹을 떨쳐버릴 수 있을
것이다.

‘폭주노인暴走老人’ 이 몰려온다

일본작가 후지와라 토모미가 쓴 ‘폭주노인!’이라는 책을 읽었다. 우리보다 노령화 사회가 일찍 시작된 일본사회 이야기지만 포함된 사례나 경향, 징후가 우리와 다를 바 없었다. 노인과 관련되어 근래 우리나라에서 일어났던 크고 작은 사건사고는 바로 몇 년, 몇 달 전 일본에서 발생했던 일이어서 이제 두 나라 노령화 사회의 빛과 그림자는 앞서거니 뒤서거니 같은 패러다임으로 굳어져 가고 있는 셈이다.

전통적으로 노인은 육체적 힘은 쇠약해져도 오랜 삶의 경험을 통하여 분별력이 생기고 성격도 느긋해져 감정이나 생각이 원만해지면서 특유의 예지가 형성된 계층으로 간주되었다. 신중하면서도 지혜롭고 삶의 경륜이 스며든 올바른 판단력으로 어지러운 사회의 중심을 잡고 갈 길을 인도해온 ‘원로’ 개념도 같은 맥락에서 공감대를 이루어 왔다. 이 책의 핵심은 그러한 긍정적, 선순환 구조의 ‘구(舊)노인’들이 사라지고 있다는 주장이다. 이즈음 등장한 신(新)노인들은 정신적으로 안정되고 지혜롭지만 육체적으로는 유약하고 노쇠했던 과거의 노인들이 아니라는 것이다. 어찌보면 젊은이들보다 더 조급하고 충동적이며 폭력에 의존하고 막무가내인 이른바 폭주노인들이 급증하는 이유는 무엇일까.

생활수준이 향상되어 영양공급이 충실해졌다. 의료체계 확대로 평균수명이 연장되었다. 나이가 들면서 잠들뻔했던 감각과 본능을 일깨우는 소비사회의 유혹도 한몫 거들면서 지난날 그 나이로는 도저히 상상할 수 없는 '젊은 노인'의 새로운 행태가 급격히 형성되는 것이다. 이 책의 저자는 정보화 사회가 몰고온 인간관계의 변화에 제대로 적응하지 못하는 노인들이 결국 노화되는 신체적 불편함과 아울러 짜증과 분노, 소외감을 터뜨리면서 폭력적으로 변해간다고 분석하고 있다.

최근 몇 년간 우리 사회에서 일어난 강력범죄 가운데 노인층이 연루된 비율이 급격히 늘고 있다. 보성에서 자신의 배를 타고 나가 젊은 남녀 여럿의 목숨을 앗은 70대 어부가 그러하고 숭례문 방화범도 노인이었다. 언론에 보도되지 않는 크고작은 사건의 한 가운데는 평범해 보였던 이웃 할아버지, 별다른 관심과 경계를 보내지 않았던 노인들이 개입되어 있었던 것이다. 노인들 내면에 잠재한 변화에 대한 불안과 두려움을 간과한 결과였다. 시간의 속도감, 점차 협소해지는 활동공간, 의사소통 부재에서 오는 이질감, 괴리감, 소외감은 노령계층의 사회부적응으로 연결되어 사회가 따뜻하게 포용하고 당당한 구성원으로 인정하기 보다는 배제되어야 할 존재, 귀찮은 존재로 간주할 때 노인폭력으로 바뀐다.

삶의 경험을 온유하게 승화시켜 사회의 귀감이 되는 아름다운 삶, 나눔과 봉사로 노후를 즐기는 노인들이 물론 절대다수를 차지하지만 어느덧 사회의 뇌관이 된 '신노인' 그룹의 팽창, 과격화는 예사롭게 볼 일이 아니다.

  ‘잘 늙는 법’이 사회의 화두로 떠오르면서 육체건강과 경제적 안정
이 중, 장년층의 관심사가 되고 있음에도 중요한 것은 누구에게나 닥쳐
올 노화로 인한 정신적 상실감, 소외감을 극복할 사회적 관심과 안전망
구축이다. 이것이 여의치 않을 경우 ‘신노인’들이 야기할 사회문제는
자못 심각하다. 평균수명이 늘어남에 따라 슬기롭게 여생을 보낼 시간
감각과 대응법을 익히도록 해야하고 개인화된 주거, 활동공간에서 노
인들의 자리와 입지를 각별히 배려해야 한다. 우리 모두 조만간 노인이
된다는 의식으로 의사소통 경로를 지속적으로 확충한다면 신노인들의
위험한 폭주는 멈춰지지 않을까.

묻힐 곳이 없다, 장묘문화 해법은

'**묘**지대란'이 성큼 다가왔다. 매장할 면적은 이미 오래 전 포화상태이고 화장 역시 급격한 신장세로 화장시설, 납골공간도 포화상태에 이르고 있다. 이러다 보니 급행료, 웃돈 같은 금품요구 등 여러 부작용이 불거지면서 화장 장려의 걸림돌이 되고 있다.

2001년 이후 꾸준히 증가해 온 화장선호도는 이제 곧 매장비율을 앞설 전망이고 보면 각 지방자치단체가 앞장서 화장시설과 납골공간 조성에 나설 때다. 하지만 전국 234개 기초지자체 가운데 자체 화장장이 없는 곳이 84퍼센트에 이르는 실정이니 무턱대고 화장만을 장려하는 데에도 한계가 있다.

지차체와 사회단체, 종교기관 등에서 화장시설과 납골당, 납골묘를 조성하여 공공, 사회복지 차원에서 운영하는 게 바람직하다. 그러나 상존하는 지역이기주의로 화장장과 납골당이 들어서는 것을 극력반대하는 주민들의 시위가 끊이지 않는 요즘 서울시가 추진 중인 원지동 추모공원사업에 법원이 손을 들어준 것은 의미있다.

유럽의 경우 도심지나 주택가 한복판에 크고 작은 묘지나 납골당이 어깨를 나란히 하고 있지만 혐오기피시설이라는 인식은 그 어디에도 없다. 오히려 살아 있음과 죽음의 미세한 간격을 메우며 생존의 축복을 확인하는 현장이자 교육공간으로 활용하고 있지 않은가.

요즘 활발하게 거론되는 산골(散骨)도 적절한 대안 중 하나다. 일각에서는 매장이나 납골과는 달리 망자(亡者)의 흔적이 없어 가족제도 붕괴가 가속화될 것이라는 비관적인 전망도 있지만 이 역시 전향적인 대안의 하나임에는 틀림없다. 점차 매장비율을 줄여가면서 화장, 납골로 유도하되 납골시설을 친환경 문화, 휴식공간으로 가꿔나가자는 것이 우리의 생각이다. 아울러 희망할 경우 산골 역시 장려할 만하다.

고인(故人)에게 넓고 화려한 유택을 마련해주는 것만이 능사는 아니다. 중요한 것은 고인에 대한 연면한 추모의 정을 이어가면서 누구에게나 언젠가 닥쳐올 죽음을 값있게 만들어주는 고귀한 삶에 대한 이승에서의 성실한 노력이 아니겠는가.

식탁에 마주앉으면

승용차가 크게 보급되기 전까지는 주로 출퇴근에 통근버스를 이용했다. 출근길 버스 정류장에 모여 삼삼오오 인사와 이야기를 나누었고 퇴근버스에서는 뜻 맞는 사람들끼리 어울려 우의를 다지며 친교를 넓혀갔다. 그 후 각자 승용차로 출퇴근하게 되면서 풍속도가 바뀌었고 특히 점심도 차를 타고 나가 해결하는 경우가 늘다 보니 식사를 함께 하는 일이 드물어졌다.

사실 음식을 같이 나누는 것만큼 친밀감과 공동체의식을 높이는 길도 흔치 않다. 식탁에 마주앉으면 닫힌 마음이 열리고 동질감이 확산되면서 사소한 오해와 고정관념도 크게 해소되곤 하기 때문이다.

저녁식사 함께하기　　　이야기와 웃음 속에 식사시간은 입과 귀, 눈, 코, 머리가 동시에 즐거워진다. 지난날 우리는 밥 먹는 동안에 쓸데없이 말을 많이 하거나 음식에 대해 이러쿵저러쿵 말하는 행위를 금기시했다. 그저 묵묵히 되도록 빠른 시간에 그릇을 비우고 떠나는 것이 미덕이었다. 더구나 급속한 개발과정을 겪으면서 더욱 바빠진 삶의 속도 감은 식사를 순식간에 마치고 다시 일에 뛰어들도록 했다.

천천히 식사하는 일에 관한 한 세계 선두인 프랑스인들도 근래 패스트푸드산업이 발달하고 생활구조가 복잡해지면서 긴 시간을 식사에 할애하는 습관이 바뀌었다. 하지만 그럼에도 여전히 그들에게 식사는 삶의 즐거움과 축복을 확인하는 소중한 절차다. 그리하여 저녁식사만큼은 외식일지언정 가족, 친지들과 어울려 즐긴다. 그들에게 비즈니스나 이러저러한 접대로 저녁식사를 함께하자고 말을 건네가 어려운 것도 이 때문이다.

소탈하고 격의 없는 대화, 정치문제로부터 자기 집 강아지에 이르기까지 다양한 화제로 웃음을 나누고, 때로 치열한 논쟁을 벌이는 동안 그들의 접시와 식탁에 남아 있는 음식은 없어지고 그 자리엔 사랑과 이해가 소복이 쌓여간다. 당초 남길 여분이 없는 음식도 그러하거니와 접시에 흐른 고깃국물도 빵으로 깨끗이 닦아먹고 나면 음식쓰레기는 물론 설거지할 것도 별로 없다.

위로받는 삶의 고단함　　중요한 것은 음식 자체가 아니라 식구, 친지, 동료가 모여앉는 기회와 분위기 자체가 아닐까. 특히 근래 들어 직장과 학업, 그 외 여러 사정으로 가족끼리 식사할 기회가 현저히 줄어든 탓에 식탁에서 이루어지는 교감과 애정은 더없이 소중하다. 정성껏 만든 한두 가지 음식을 앞에 놓고 모여앉아 하루, 한 주일을 돌아보면서 사랑과 고마움을 확인하는 자리, 삶의 고단함과 나날이 각박해져가는 사회의 냉혹함을 위로받으면서 서로 나지막이 이야기를 주고받는 풍경은 정녕 아름답다. 이런 시간을 통해 새삼 가족의 소중함을 깨

닿고 서로에게 힘이 되어줄 때 특히 청소년 문제를 비롯한 사회의 그늘진 부분이 상당히 밝아질 것이다.

각자 시간에 쫓겨 어렵더라도 되도록 자주 가족이 함께하는 식탁을 마련해 보자. 직장에서는 같은 사무실이나 팀 단위로 1주일에 한두 번 함께 점심을 나누면서 가슴을 열고 막힌 대화의 통로를 넓힌다면 더 신명나는 일터가 펼쳐지지 않을까.

어떻게 해야 잘 먹을 수 있을까

공식적인 비브리오 패혈증 환자 발생 보고가 없음에도 날씨가 더워지면 날어패류를 삼가는 분위기가 역력하다. 위생적인 시설에서 조리한 생선, 조개류는 아무 문제 없다고 누누이 홍보해도 지레 겁먹는 건강염려증후군이다. 주로 해안지역이나 위생상태가 불량한 포장마차 등에서 유통되는 해산물에서 감염되지만, 여름만 되면 떠오르는 비브리오 공포는 그렇지 않아도 극심한 경기침체 속에서 요식업의 불황을 더욱 부채질한다.

냄비처럼 금세 끓어올랐다가는 이내 식어버리는 사회분위기며 군중심리는 특히 건강문제에 이르러 더욱 예민해지면서 과민반응까지 더해져 가히 집단 최면현상을 보인다. 우리가 모르는 사이에 먹고 마시는 불량식음료에 대한 반발에서인지 일단 사회문제화 된 사안에 대해서는 그 배척의 강도가 엄청나다.

이율배반의 '웰빙' 심리

몇 년 전 만두파동이 그런 경우다. 불량식품,

부적절한 원료로 만든 음식이 나돈 것이 어제 오늘의 일도 아니건만 그때도 결과적으로 영세한 만두업체만 치명적인 손해를 감당할 수밖에 없었다. 만두파동 과정에서 보인 당국의 태도 역시 석연치 않았고, 옥석을 가리지 않고 무조건 만두를 기피하는 심리도 정상적인 것은 아니었다. 한 달이 못 가 만두소동은 물밑으로 가라앉았지만, 앞으로 만두만이라도 불량제품이 발붙이지 못하도록 법적 제도적 장치를 마련하여 사회감시망이 강화되었는지는 여전히 확실치 않다.

음식물로 농간을 부리는 업체들이 근절되지 않는 이유는 간단하다. 적발되더라도 관련 규정이 미약하여 대부분 보석이나 벌금형으로 끝나는 솜방망이 처벌이 가장 큰 이유이고, 들끓는 여론과 경원 심리가 며칠만 지나면 잠잠해지기 때문이다. 너나없이 이른바 '웰빙'을 외치면서 자신의 몸과 주거, 섭생환경에 높은 관심을 쏟지만 정작 거기에 위해를 끼치는 요소에 대해서는 냄비 기질이 적용되는 모순이 있다. 행정당국 역시 어처구니없는 사건이 발생할 때마다 엄중처벌, 발본색원, 규정강화 등을 거듭하지만 대부분 말뿐으로 그치고 있다.

우리 식탁을 점령한 외국산, 특히 중국에서 생산된 농수산물의 무차별공세에 언제까지 속수무책이어야 하나. 중국의 현실상 고도의 위생적이고 합리적인 생산, 유통, 검역과정을 거치기 어려울 것이므로 여러 위해요인으로 가득찬 먹거리는 나날이 쌓여가기만 한다.

프랑스 음식의 교훈　　세계적인 농업국가 프랑스 역시 특히 유럽연합 출범 이후 외국산 식료품 수입이 크게 늘었다. 음식에 관한 최고 수준을 자랑하는 프랑스가 밀려드는 수입 식자재 홍수 속에서도 우리의 만두파동 같은 원시적 사건을 겪지 않고 잘 먹고 잘 살 수 있는 까닭은 단순하다. 관계규정에 의한 엄격한 통관기준과 소비자들의 합리적 판단을 유도할 수 있는 원산지 표기 의무화제도가 정착된 덕분이다. 작은 소도시, 영세한 상점에서도 고객들의 눈에 띄도록 커다랗고 정직하게 원산지를 적어놓은 팻말의 힘은 크다.

수입 원료를 사용한다 하더라도 조리과정에서 지키는 두 가지 원칙은 프랑스 요리의 수월성과 경쟁력을 높여준다. 되도록 음식원료 고유의 특성과 풍미를 살리는 조리방법과 적절한 소스를 사용하는 것이 그것인데, 우리처럼 오랜 시간과 노력을 들여 데치고 볶고 삶고 무치고 찌고 졸이고 굽는 등 복잡한 단계를 거치지 않고도 맛과 영양가, 포만감, 시각적 품격까지 함께 도모하는 그들의 지혜는 눈여겨볼 만하다.

그렇지 않아도 힘든 세상, 음식만이라도 마음 놓고 먹을 수 있는 날은 정녕 멀었을까.

음식문화 수준 높이려면

매운 음식을 그리 좋아하지 않는 필자는 중국음식점에서 '짬뽕'을 주문할 경우 항상 고춧가루를 빼고 국물이 하얗고 맵지 않게 해달라고 부탁한다. 그럴 때마다 열에 아홉은 "그럼 우동을 드시지요"라는 판에 박힌 답이 돌아온다. 짬뽕과 우동은 그 이름만큼이나 식재료, 조리방법, 음식의 풍취가 다른 것임에도 '국물이 맵지 않은 짬뽕＝우동'이라는 그릇된 인식이 중국음식 주방인력 사이에 퍼져 있기 때문이다.

짬뽕은 원래 지금처럼 매운 국물로 나오지 않았다. 대략 1960년대 후반~1970년대에 사회상을 반영한 탓이었는지 국물에 매운 고추를 사용하기 시작한 이래 국민 입맛에 길들여져 오늘에 이른 듯하다. 매운 짬뽕이 싫으면 불가피하게 우동을 먹어야하는 우리 사회 음식문화는 경직성과 협소한 선택의 폭으로 다른 분야 발전추세를 따라가기에 아직 역부족임을 웅변으로 증명한다.

음식문화 전성기, 빛과 그림자

남들이 다 잘 먹는 매운 짬뽕에 왜 그

리 유난을 떠느냐고 타박을 맞을지 모르나 음식점을 찾은 고객은 자신이 지불하는 돈만큼 맛과 서비스에 대하여 이런저런 요구를 할 권리가 있지 않은가. 오랜 세월 우리 사회를 지배했던 군사문화의 획일성은 음식주문에서도 이른바 '통일'을 부추겼다. 주방장이 귀찮아 할까봐, 시간이 걸릴 듯 하여 한 가지 메뉴로 '통일'했던 관행은 결과적으로 입맛의 둔감, 하향평준화를 촉진하여 가장 섬세하고 다양해야 할 식도락취향을 획일화시키는 데 일정부분 기여했다.

음식에 대한 관심이 커지고 외식산업이 가파른 성장세를 보이는 이즈음 가히 음식문화의 전성기답게 각종 매스컴과 도서, 인터넷에는 맛있는 음식, 별난 메뉴, 맛 자랑 업소에 대한 정보가 넘쳐흐른다. 시청자, 독자의 호기심을 한껏 부추기면서 소개되는 음식, 식당 정보는 곧 고객들의 발걸음을 이끌어 들이지만 기대에 부응하는 경우는 어쩐 일인지 그리 흔치 않다. 물론 오랜 전통, 독특한 조리비법, 웅숭깊은 서비스로 명불허전(名不虛傳)을 확인시켜 주는 경우도 적지 않지만 대체로 실망이 앞서는 것은 무슨 까닭일까. 불황 속에 별다른 준비 없이 너도나도 뛰어든 식당 창업 열기 때문만은 아닐 터인데.

그래도 '음식 맛과 질, 서비스' 매스컴이나 책에 소개되어 반짝경기를 타는 과정에서 몰려드는 손님접대에 부득이 소홀할 수도 있으나 맛과 질적 측면에서 고객들의 평가는 엄정하고 합리적이다. 음식값에 비해 턱없이 낮은 원가의 식재료를 쓰거나 날로 수준이 높아가는 고객들의 취향 변화에 둔감한 서비스마인드는 우리 요식문화 발전을 가로막는 걸림돌이다.

지역과 음식점 수준, 여러 변수에 따라 다르겠지만 인건비, 각종 세금, 부대비용을 별도로 하고 최소한 음식값의 30퍼센트 정도를 식자재 원료비료 쓴다면 일단은 합격이다. 거리에 넘쳐나는 식당 중에서 자신의 업소를 찾아준 고객이 눈물나도록 반갑고 고마워야 할 것은 물론이다.

여기서 진정한 서비스정신이 출발한다. 이윤을 극대화하기 위한 얄팍한 원가절감은 결국 자충수(自充手)와 악순환으로 이어진다. 아직도 화장실용 두루마리 휴지를 버젓이 식탁에 올려놓은 식당이 한둘이 아니다. 손님들은 대체로 불평을 하지 않는다. 더러는 즉석에서 항의하지만 그래봐야 효과가 없다는 것을 진작에 터득한 이상 대부분 침묵을 지킨다. 그 손님은 다시 오지 않을 뿐이다. 나아가 해당업소에 대한 부정적인 PR에 가세한다면 이만저만한 타격이 아니다.

바야흐로 불붙기 시작한 음식에 대한 뜨거운 관심, 껑충 뛰어오른 음식문화 수준 경쟁 속에서 레이스에 본격적으로 합류하기 위해 우선 필요한 것은 음식 맛과 질, 서비스라는 너무나 평범한 진리에 대한 새로운 각성과 확인이 아닐까.

후회없는 외식을 하려면

가족 구성원들의 삶의 리듬이 달라지고 여성의 사회진출이 확대되면서 외식의 비중이 커지고 있다. 과거 특별한 날이나 모처럼 마음먹고 행하던 외식이 이제는 일상사의 한부분이 되면서 외식에 대한 인식이 바뀌고 외식산업의 가능성에 대한 관심도 높아지고 있다. 동남아시아 여러나라나 중국에서는 이미 오래전부터 적은 부담으로 즐기는 외식은 집에서 해먹는 것보다 비용이 절약된다는 등의 이유로 외식문화가 광범위하게 보편화되어 있다. 더운 나라인 만큼 퇴근후 번거롭게 집에서 조리하는 것보다 간편하게 사먹고 귀가하는 생활습관 탓이기도 하려니와 외식을 즐기며 왁자지껄 담소를 즐기는 국민성도 한몫 거들고 있다.

우리나라도 이제 그 패턴을 따라가는지 평일저녁에도 가족단위 외식인구가 급격히 늘고있다. 전국 평균 인구 70여명에 음식점 하나라는 통계는 우리나라도 이미 외형적으로는 외식대국에 진입했음을 보여준다.

외식이 생활에서 차지하는 비중은 점점 높아질 것은 분명하다. 삶은 향유하는 유효한 방안으로서의 먹을거리 선택이 중요한만큼 식당선별에는 세심한 주의가 필요하다. 거리 곳곳에 산재한 식당의 밀림에서 가격대비 만족도가 높고 단골로 삼을만한 업소를 고르려면 예리하고 합리적인 판단이 필요하다. 오래전부터 다니는 단골음식점이 있다면 별 신경을 쓸 필요가 없겠지만 모르는 식당을 선택해야 할 경우 최소한의 식별요령은 필요하다.

먼저 음식메뉴를 잡다하게 여럿 나열한 집을 피하는 것이 좋다. 역전이나 터미널, 분식집을 제외하고는 몇 가지 주력메뉴가 있는 집이 낫다. 자장면과 설렁탕, 냉면을 함께 내놓은 집의 음식맛을 기대할 수 있는가. 그리고 식당에 들어서면서 주인이나 종업원의 표정이 밝고 친절하지 않으면 음식맛이나 서비스도 거기에 비례하기 십상이다. 매스컴에 소개된 맛집기사나 보도내용을 건물 간판부터 홀 벽면까지 도배하다시피 내걸어 놓은 집은 필경 음식맛이 기대만 못하거나 함정이 있기 쉽다. 한 두곳에 소박하게 붙여놓은 업소자랑은 그래도 정보제공 차원으로 볼 수 있다.

손님이 앉으면 내놓는 물컵의 청결관리상태도 체크포인트. 컵을 깨끗이 닦고 따뜻하게 하여 제공하는 집은 음식에서도 믿을만하다. 물이 묻어 있거나 립스틱 자국이 선명히 남은 컵앞에서 식욕은 달아난다. 이러한 식당에 들어갔다면 음식 주문전에 적당한 핑계를 대고 나오는 것이 낫다. 형편없는 음식 맛에 불친절한 서비스 거기에 가격까지 비싸기 십상이다.요즘은 원산지 표시의 성실성 여부도 관건이다. 요컨대 정직하고 성실한 업소가 음식 맛도 괜찮을 것이라는 가정에서이다.

엉겁결에 음식을 주문했다면 다시 나오기 힘든 형편이니 그때부터는 좀 더 면밀하게 관찰하면서 다시 올 집인가 아닌가를 결심하도록 한다.한식집이라면 밥의 상태를 점검하고 중국음식점의 경우 면발의 수준을 보고 일식집이라면 딸려 나오는 반찬과 야채에 물기가 얼마나 묻어 있는가를 측정하면 대체로 판가름 날 수 있다.방금 지어낸듯 윤기흐르고 따뜻하다면 업소의 성의와 배려가 확인되는 셈이고 군내나는 쌀에 뭉치고 굳어있는 밥이라면 아침에 한꺼번에 해놓거나 어제 남은 것을 데워줄 수 있기 때문이다.종업원의 친절이나 서비스 자세는 대중식당의 경우 기대하기도 힘들고 측정에 용이하지는 않지만 가령 무슨 부탁을 했을 때의 반응이나 표정, 신속성 여부는 참고할 만하다.

이렇게 따져가며 먹는다면 음식맛을 제대로 느끼지 못하고 소화장애가 올지도 모른다. 밥 한끼 먹는데 그리 따지는 게 많냐고 할지 모르지만 앞으로 더욱 확대될 외식산업의 현명한 소비자, 돈 낸만큼 당당하게 권리를 요구하는 고객이 되기위해서 넘어야 할 관문이기 때문이다. 이런 점검 저런 관찰을 거쳐 마음에 드는 음식점을 찾아내면 그 다음부터는 편하고 미덥게 출입할 수 있는 까닭이다. 우리나라에서 오래된 식당, 가업을 잇는 음식점을 찾기 힘든 것도 소비자들이 이런 초보적인 검증에 소홀했던 탓이 아닐까.

맛있는 음식, 맛있게 표현하자

음식에 대한 관심이 높아지면서 매스컴에서 음식을 다루는 기사와 프로그램이 늘고 있다. TV의 경우 관심을 끌 만한 음식을 골라 최고급 원료에 노련한 요리사를 동원, 맛깔스럽게 조리해 내는 과정을 기막힌 구도의 촬영솜씨로 찍어내고 있어 음식과 화면 모두 감탄을 자아낸다. 연예인이 대부분인 출연진들의 탄성과 입맛 다시기, 시식 후 코멘트 등도 프로그램을 감칠맛나게 만드는 주요소다.

새삼스러운 깨달음이지만 우리 음식의 다양성과 과학적인 조리방법, 영양가, 모양과 빛깔 등은 그 동안 우리 음식의 아름다움과 가치 표현과 전파에 무심했음을 느끼게 한다. 평범한 재료가 만들어내는 탁월한 맛과 태깔은 그 어떤 표현으로도 제대로 담아내기가 그리 쉽지 않다. 더구나 지명도나 연기력, 순발력 등에서 일반인에 비해 위험부담이 적은 탓인지 연예인들로 채워지는 게스트들의 표현력이 음식의 느낌과 맛을 적절히 나타내지 못해 화면 앞의 시청자들은 자못 답답하다. 시각의 즐거움을 더해줄 청각상의 온전한 즐거움을 누리지 못하고 있는 것이다.

　연기력이 탁월한 연예인이라면 표정만으로도 요리의 맛과 자신이 체험한 미각의 느낌을 드러낸다지만 다채롭고 오묘한 음식의 맛을 표현하는 데 지극히 제한된 어휘와 진부한 감탄문이 동원되고 있기 때문에 그러하다. 담백하다, 쫄깃하다, 씹는 맛이 살아 있다 등 한정되고 반복되는 소수의 단어나 문장으로 그 넓고 깊은 맛의 세계를 어찌 전할 것인가.

　물론 화면에 클로즈업으로 비치는 음식의 모양과 질감, 분위기로 시청자 각자가 나름대로 체감할 터이지만 귀로 들리는 시식품평 멘트의 빈약함은 그 즐거움을 반감시킨다. 출연한 연예인들에게 감칠맛나는 우리말 표현과 어법, 단어를 녹화 전에 교육시켜야 하지 않을지.

　연예인들만 그러한 것도 아니다. 맛집 탐방 프로그램에서는 일반고객들에게 마이크와 카메라를 들이대며 맛이 어떠한가를 묻는데 이 또한 궁색한 반응은 매한가지다. 끝내준다거나 죽인다, 짱이다, 묻지 말라는 등 세속 표현이 주류를 이루고, 역시 담백, 구수, 쫄깃, 시원, 칼칼 등의 평범한 단골 어휘가 대부분이다.

　콩나물 해장국과 선지 해장국, 그리고 황태 해장국 맛이 어찌 같은 "시원하다"라는 말로 동일시될 수 있을 것인가. 색깔이나 맛 표현에서 다른 나라 언어에 비해 특별한 섬세함과 다양한 뉘앙스가 두드러지는 우리말이건만 언제부턴가 이 방면 언어생활에서만큼은 무뎌지고 차별성 없이 무감각으로 치닫고 있지는 않은가.

　과거 밥상에서 대화 자체를 금지하고 그저 묵묵히 빠르게 음식 먹기에만 열중하도록 강요받았던 기억의 흔적인지 음식의 특성을 개성적으로 표현하는 기술과 분위기에는 한참 뒤져있다는 느낌이다. 서양, 특히 유럽사람들이 식탁에서 늘어놓는 화려하고 호들갑스러운 수사법의

찬사와 품평은 그 자체로 음식맛을 돋구어주는 촉진제가 되고 있다. 요리에 대한 노코멘트와 식탁에서의 침묵을 가장 매너 없는 태도로 여기는 그들의 사고방식을 눈여겨볼만하다.

자신의 감정을 살갑게 나타내지 못하는 표현력, 어휘력 부족은 비단 입시 위주의 학교교육때문만은 아닐 것이다. 자신의 색깔을 드러내는 데서 얻는 불이익에 대한 두려움, 봉건사회에 이어진 오랜 군사문화시대의 잔재인 경직성, 통일적 획일성, 그리고 음식에 대한 이러저러한 평가가 주는 부정적인 인식 등 복합요인으로 오늘날 우리는 화려한 밥상을 앞에 놓고도 영세하고 빈약한 느낌 표현에 머물고 있는지도 모른다.

우선 아이들에게라도 정확하고 개성있게 감정표현을 드러내는 훈련이 필요하다. 자신의 감각과 느낌을 적절하고 다채롭게 표현하는 능력을 키워주자. 맛있다면 어떤 맛인지, 달콤하다면 다른 어떠한 경험과 비슷한지를 풍성한 상상력으로 자유롭게 나타내도록 지도하자. 이를테면 '솜사탕같이 달콤하다'라든가 '고양이 털처럼 부드러운 맛' 같은 초보적인 감각표현에서 시작하여 독서와 구술훈련 등을 통해 감성이 풍부한 아이로 키울 수 있을 것이다. 음식과 맛에 대한 다양하고 맛깔스러운 표현력 함양교육은 긍정적인 삶, 아름다운 사회로 이끄는 소박한 출발점이 되기 때문이다.

훈장서훈은 생시에 하자

몇 년 전 원로 아동문학가 윤석중 선생이 타계했다. 정부에서는 금관문화훈장을 추서하고 고인을 국립묘지에 안장했다. 국가와 사회에 큰 공헌을 한 인사들이 별세할 때마다 되풀이 되는 일련의 과정을 지켜보면서 왜 고인 생시에 국가가 할 수 있는 예우를 다하지 못하는가 하는 의문이 든다.

생시에 공적 보답을　　훈장수여 대상은 젊은 나이에 요절한 인사의 경우 그리고 무슨무슨 날을 기념하는 부문별 포상자를 제외하고는 70~80대에 접어들어 연령상 더 이상 창조적 활동이나 구체적 기여를 하기 어려운 분들이다. 그러므로 세상을 떠나기 전에 합리적인 평가 절차를 거쳐 그분들의 봉사에 대한 응분의 보답을 한다면 당사자나 가족에게 뿐만 아니라 사회차원에서도 의의가 있을 것이다.

훈장은 국가가 주관하는 공식 업적 인정이므로 무엇보다도 그 객관성과 투명성이 관건이다. 과거 정통성 없는 신군부 집권에 이런저런 기여를 한 인사들에게 무더기로 훈장을 수여했던 일이나 국가원수에게 관례적으로 주는 최고훈장인 무궁화 대훈장을 받은 인물들이 반란죄, 뇌물죄 등으로 재판정에 섰던 것을 지켜본 국민들로서는 사실 훈장의 용도와 수여과정에 대해 그리 긍정적이지 않을 수 있다.

또한 훈장, 포장 등은 명확하고 타당성 있는 공적에 근거해야 함에도 다만 어느 직위에 있었다는 사실만으로 주고받는 것 역시 그 의미를 퇴색시킨다. 정권이 바뀔 때 전, 현직 국무위원을 포함한 인사들에 대한 무더기 서훈 역시 훈장의 권위와 가치를 떨어뜨리는 데 한몫했다. 훈장 수여가 특정목적을 위해 이용되는 악순환을 차단하고 진정 국민의 존경과 선망의 대상으로 뿌리내리기 위한 개선작업이 필요하다.

국민들로서는 얼마나 많은 종류의 훈장이 누구에게 수여되는지 쉽사리 알 수 없다. 물론 관보나 해당경로를 통해 공고되겠지만 일반인들이 접하는 내용은 매스컴에 보도되는 유명인사, 원로 또는 뚜렷한 업적을 남긴 인물의 경우가 거의 대부분이다. 여러 분야 훈, 포장의 종류와 서훈 기준을 좀더 알기 쉽게 국민들에게 홍보할 방안은 없을까. 그리하면 자라나는 어린이나 청소년들이 훈장의 고귀함과 영예를 일찍 체감하여 올곧고 진취적으로 성장하는 작은 나침반이 될 수 있을 것이다.

청소년, 외국인 서훈 확대 필요 　　그리고 특히 문화예술 분야에서 외국인에 대한 서훈 범위를 확대할 필요가 있다. 프랑스의 경우 최고영예 훈장인 '레지옹 도뇌르'로부터 단순한 공로메달에 이르기까지 프랑스 문화 보급에 기여한 인사들에게 끊임없이 다양한 서훈을 계속한 결과 오늘날 전 세계적으로 수많은 프랑스 문화 전파세력을 형성하여 그것이 '국가의 힘'을 이룰 수 있었다.

　국가발전과 애국애족의 한 평생을 살아온 원로로부터 장래가 촉망
되고 국위선양에 기여한 젊은 인재에 이르기까지 훈, 포장 수여는 대상
자가 살아있는 동안에 되도록 빠르게 이루어지는 것이 바람직하다. 윤
석중 선생의 어린이 사랑, 문학사랑에 대한 공로를 좀더 일찍 인정하여
선생 생전에 훈장을 수여했더라면 하는 아쉬움이 남는다.

당동벌이(黨同伐異), 남는 게 뭔가

몇 년 전 현직교수 162명을 대상으로 설문조사한 한국사회를 규정한 4자성어로 '당동벌이'가 선정되었다. 물론 특정집단 제한된 인원의 의사표출이고 당동벌이를 택한 비율이 19.8퍼센트에 불과하다 하더라도 이 넉자가 함축하는 우리가 겪은 신산한 혼란과 표류에는 공감이 간다.

우선 정치권이 그 대상이다. 당리당략에 급급한 채 합리적 논리 개발과 대화, 설득이라는 정치의 초보행태조차 경원하는 정치권에 대한 실망이 그러하고 경제, 사회, 문화 등 각 분야의 난맥도 여기서 크게 벗어나지 않는다. 특히 동아리 이기주의에 편승하여 자신들과 다른 견해를 무조건 적대시하는 집단, 지역이기주의의 창궐은 그렇지 않아도 어수선한 사회를 더욱 피폐하게 만들었다.

현대사회의 다양성은 필경 다른 견해와 가치관을 낳는다. 가족 구성원간에도 의견차이는 존재한다. 이것을 아우르며 합리적인 결론과 수긍할 수 있는 대안으로 이끌어가는 것이 성숙한 사회의 의사통합기능이다. 당동벌이는 이런 미덕을 비웃는다. 같은 무리와 당을 만들어 다른 자를 공격한다는 원시사회의 생존법칙에 충실한 것이어서 그 파급효과와 부작용은 곧바로 사회갈등과 계층 간 이질감으로 이어지기 때문이다. 응답자의 22.2퍼센트가 기분좋은 일을 꼽으라는 설문에 '없다'고 응답한 사실에서 우리 앞에 남아 있는 어둡고 긴 터널의 중압감을 서글프게 확인한다.

어느 사회든 같은 이익을 공유하는 파당끼리의 연대나 배타성은 존재하게 마련이다. 그러나 거기에도 최소한의 상식과 합리성, 공동선을 향하려는 시민의식이 깔려야 함에도 오늘 우리가 보는 '당동벌이'에는 오로지 패거리문화의 거친 폭력과 이익추구만이 두드러진다. 분출되는 다양한 의사를 조정하는 사회시스템도 긴요하고 경륜과 인품으로 수범을 보일 지도층, 원로의 출현도 아쉽다. 무엇보다도 '너'와 '나'를 가르는 실익 없는 제로 섬 게임의 공멸에 대한 새로운 위기의식이 필요한 이즈음이다.

두려운 쥐, 귀여운 쥐

12간지(干支)에 나오는 동물들은 나름대로의 질서와 갈등속에 하나의 체계를 형성하며 동양철학의 상징성을 드러낸다. 등장하는 동물들의 스펙트럼도 꽤 넓다. 인간에게 더없이 친근한 가축인 소(丑), 돼지(亥), 닭(酉), 개(戌), 토끼(卯), 양(未)을 위시하여 사람과 밀접한 말(午)이 포함되고 호랑이(寅), 원숭이(申)같은 서사구조의 단골동물도 나오는가 하면 상상속의 존재인 용(辰)이 자리잡고 있다. 거기에 뱀(巳)과 쥐(子)같이 사람에 따라 해석이 여러 갈래로 엇갈리는 짐승과 더불어 열 두 마리 동물이 이루는 의미망은 완성된다. 동물들이 드러내는 이미지도 시대와 상황에 따라 바뀌는듯 사람들의 심성과 가치관이 변하는 만큼 의미부여도 달라진다. 새 정부가 들어서고 경제회생이 화두로 등장한 올 해의 상징동물인 쥐에 대하여도 이러저러한 이야깃거리가 덕담으로 등장하고 있다.

1960년대 쥐는 공산주의자만큼이나 제거해야할 대상이었다. 엄청난 번식력으로 양식을 갉아먹고 병균을 옮기는 쥐는 국가가 앞장서서

박멸에 나설만큼 부정적이며 혐오의 대상 자체였다. 쥐꼬리를 잘라 학교에 제출하던 것도 이즈음의 추억이다. 지금 생각하면 끔찍하고 비위생적인 시책이었지만 당시에는 학교나 동회에서 배급하던 구충제를 한 웅큼씩 받아먹고 수업시간에 인근 야산에 올라가 나무젓가락으로 깡통에 송충이를 잡아오던 일처럼 당연한 의무이자 국민의 미덕이 아니었던가. 학교에 쥐꼬리를 제출해야 하는 전날에는 온 집안에 비상이 걸린다. 몇 마리 잡히면 다행이련만 그야말로 쥐꼬리만한 가장의 봉급으로 온 가족 생계를 걸던 당시 쥐꼬리 수집작전은 격심한 스트레스와 부담을 주던 대표적 국민운동이었다.

이 무렵 쥐를 주인공으로한 월트 디즈니 만화와 애니메이션 그리고 동화가 우리나라에 수입되었다. 쥐꼬리 잘라내기 운동, "낮말은 새가 듣고 밤말은 쥐가 듣는다"는 등 대체로 부정적이고 거부감으로 충만했던 쥐의 이미지가 바뀌는 계기는 이렇게 어린이들로부터 시작되었다. 당시에는 캐릭터라는 용어자체도 생소했지만 미키 마우스, 미니 마우스 같은 쥐를 모델로 한 캐릭터들은 귀엽고 상냥하며 재치있는 언행과 사고방식으로 어린이들에게 쥐가 더 이상 혐오와 기피의 대상이 아니라 함께 놀고 꿈을 키워주는 반려동물의 차원에 오를 수도 있음을 확인시켜 주었다. 햄스터를 비롯한 쥐 종류를 애완동물로 키우는 사람들도 많아졌고 특히 흰쥐같은 동물들이 연구소의 실험대상 개체로 인간에게 기여하는 이즈음 쥐를 바라보는 시선이 바뀐 것만은 사실이다.

초등학교 어린이가 책상서랍에 죽은 쥐를 휴지에 싸서 고이 보관하다가 무심코 서랍을 열어본 어머니가 기겁을 했다는 이야기는 이제 그리 충격적인 것도 아니다. 어른들에게 쥐는 세균을 옮기고 무시무시한 번식력으로 음식을 축내는 위해동물이며 여러 부정적인 언어표현과 사례에 등장하는 대상이겠지만 미키 마우스로 상징되는 쥐는 문구류와 가방, 운동화, 팬시제품, 공부방 벽지에 등장하는 다정하고 살가운 친구이자 속내 이야기를 나누는 파트너에 다름 아닌 것이다. 쥐를 고이 싸서 책상서랍에 넣어두고 천국으로 가기를 비는 어린이, 청소년이 주역이 될 미래사회에서 쥐에 대한 인식이 어떻게 바뀔지 궁금하다. 개인에서 국가에 이르기까지 해야할 일이 산적해 있는 올 해, 쥐에게서 얻어올 교훈과 미덕을 새롭게 찾아볼 때인듯 하다.

정치권 진입을 꿈꾸는 분들에게

우리 정치를 바라보는 국민들의 의식은 다분히 이중적이다. 정치인에 대한 끝없는 혐오의 시선과 냉소가 그러하고 정치권 전체를 싸잡아 비난하는 등 부정적 이미지는 여전하다. 그런 반면에 둘만 마주앉으면 정치를 화제로 삼아 자신의 견해와 다를 경우 격렬한 언쟁을 벌이는가 하면 그로 인해 사이가 틀어지기도 한다. 욕을 하면서도 예나 지금이나 뉴스 첫머리를 장식하는 정치관련 보도에 먼저 눈이 가게되는 현실은 이율배반이라는 표현만으로는 설명하기 어렵다.

이른바 애증(愛憎)이라는 개념이 정치를 향한 국민들의 기대와 실망을 요약한다고 말할 수 있지 않을까. 외면하기에는 뭔가 아쉽고 막상 대면하면 울화통이 끓고 답답한 심정이 거기있다. 전문 정치인에 식상하여 참신한 새 얼굴을 찾아보지만 오래지 않아 선배 정치인들을고스란히 닮아가는 현실이다. 대학총장과 교수, 법조인, 기업가, 연예인 같은 각계 인사들의 정치권을 향한 관심과 진출 욕구가 점차 거세지면서 국민들의 애증은 깊어만 간다. 자신의 전문분야에서 일가견을 이루어

탁월하게 사회에 기여해오던 사람들이 정치에 발을 들여놓고 국회의원이나 장관, 주요관직에 오른 뒤 기대처럼 크게 역량을 발휘하는 경우는 그리 많지 않다. 가혹하게 말한다면 일회용으로 사용되다가 용도폐기되어 쓸쓸하게 퇴장하는 경우를 적지않게 보고있다. 그것도 정계로부터 제의를 받아 고심끝에 투신하기 보다는 스스로 나서서 이 정당, 저 연줄을 기웃거리며 자신을 세일즈하는 경우가 대부분이다.

삼고초려(三顧草廬). 모든 것이 조급해지는 이즈음 점차 잊혀져 가는 고사성어의 하나인 삼고초려의 주인공 유비와 제갈량의 품격과 여유, 겸양, 속깊은 헤아림이 그립다. 지난 대통령 선거기간중 수많은 인사들이 대선진영에 가세하였다. 그중에는 자신이 봉직하는 대학을 1년간 쉬면서 자원하여 나선 분이 있는가 하면 강의나 연구는 등한시하고 후보자의 정책개발, 선거운동 모임이나 홍보에 열을 올린 경우도 적지 않았을 것이다. 전문가로서 자신의 경륜과 지식을 현실정치에 연결하여 실천하고 싶은 의지를 탓할 수는 없다. 자신의 현직을 정치입문의 발판으로 삼는다거나 '양다리 걸치기'가 같은 얕은 꾀를 탓하는 것이다.

전문성과 혜안, 비전제시 그리고 국민의 가려운 곳을 긁어주는 감각보다는 합종연횡, 이합집산, 권모술수, 면종복배, 오리무중, 토사구팽, 당동벌이같은 일련의 용어로 요약되는 우리 정치권의 원형질이 아직 건재하고 있다. 여론을 떠보기 위하여 사전에 소문 흘리기, 아니면 말고 식의 무책임하고 근거없는 폭로와 주장, 끊임없이 이어지는 정치권과 관료의 부정비리, 배임과 수뢰는 나날이 지능화되고 교묘해진다. 선거철 표를 얻기위해 숙이던 허리는 당선 후에는 4년간 굽혀질 줄 모른다.

국민들의 정치감각과 비판수준은 비록 정치권 혐오라는 바탕을 깔

고 있지만 가히 세계수준이다. 촌로가 무심결에 내뱉는 한마디는 정치
평론가의 분석을 능가한다. 서민들의 정책대안제시에는 해당부서에서
귀기울여 들을만한 현실감과 타당성이 충만하다. 국민들의 정치의식
과 안목이 나날이 높아지는 이즈음 정치권 진입을 꿈꾸는 분들은 모쪼
록 긴장하고 더없이 겸허해지기를 부탁드린다.

이런 정치인 어디 있나요

'**땡**전' 시대가 지나간지 20년이 넘었건만 뉴스의 첫머리는 대체로 정치관련 보도나 대통령 근황으로 채워진다. 더러 경제관련 뉴스나 세간의 관심을 끄는 사건, 사고도 등장하지만 정치분야에 비할 바가 아니다. 오랜 관습 탓이기도 하려니와 국민들의 정치를 향한 관심도 거기에 한몫 거들 것이다. 우리 나라 정치의 비효율과 소모성, 개선이 더딘 전근대적 구태 따위를 감안한다면 경제, 사회나 문화보다 정치분야가 앞서야할 근거는 약해진다. 문화의 시대라고 오래전부터 이야기하지만 문화뉴스가 톱을 장식했던 적이 언제 있었던가.

그나마 TV 보도, 특히 얼마전부터 유행이 된 돌발영상 같은 화면에서는 방심한 정치인, 정치세계의 허를 찌르는 카메라 추적으로 조금만 신경써서 지켜보면 정치인들의 식견이나 인간됨됨이 나아가 그들의 정치생명까지도 예견할 수 있어 미디어 시대의 위력을 실감하게 한다. 특히 요즈음같은 선거철에 정치인, 정치지망생들의 발언이나 행동거지, 외모, 경력소개는 더욱 고도의 계산과 포장, 저울질을 거치는 듯 싶어 매서운 확인과 검증이 필요하다.

한번도 만난 일은 없지만 화면과 신문지상으로 거의 매일 접하는 유, 무명 정치인들은 어느새 이웃사람처럼 눈에 익게 되었다. 우선 그들의 머리 스타일을 눈여겨 본다. 전속 이용사를 고용하는지 단골 이발소가 집 근처에 있는지 머리숱의 많고 적음을 불문하고 하나같이 상당히 공들여 가다듬고 있다는 점에서는 예외가 없다. 저렇듯 한올 흐트러짐없이 손질하려면 새벽부터 여간 부지런하지 않으면 안될텐데 그런 정성으로 국사를 논하고 국민을 챙긴다면 얼마나 좋을까.

방금 이발소에서 나온듯 윤기나는 머리, 단체로 맞춰 입은듯한 검정색 감색 양복에 붉고 푸른 계통의 넥타이, 카메라를 의식했는지 어딘가 어색한 행동, 신선함이나 창의성을 찾기 힘든 강변과 주장, 이런 외면의 경직성에서 아직 우리 정치가 건너가야 머나먼 길이 내다보인다. 청바지 입은 대통령, 콧수염 기른 장관, 티셔츠 차림의 국회의원이 자연스러울 때 우리 사회는 한단계 성숙하지 않을까.

정치인들이 진정 국민에게 다가가서 아픔을 나누는 정치를 하려면 머리 빗질이나 염색, 두발이식, 주름제거 성형 수술, 넥타이 고르기 보다는 새벽 시장이나 공사장, 만원 지하철, 선술집에서 국민의 소리를 듣기 바란다. 선거철 한때 머리를 조아리거나 언론과 여론을 의식한 반짝 이벤트는 이제 약효가 없다. 단정한 차림에 윤기나는 구두를 신고 비서가 열어주는 최고급 승용차에서 내려 전용 엘리베이터를 타고 회의에 참석하거나 국회를 놔두고 고급호텔에서 당리당략, 자신들의 이해에 예민한 사안에 골몰하는 정치판에서 기존의 상식과 관행을 깨는 멋진 '터프가이'가 기다려진다. 선거철이 아니더라도 골목골목을 누비는 민생정치인이 그리워진다.

젊은 나이에 백발이면 어떤가, 머리숱이 듬성듬성 해도 무슨 상관일까, 감색 순모 양복 대신 허름한 캐주얼도 좋다. 숨가쁘고 어지럽게 돌아가는 세상흐름을 읽어내고 국민의 가려운 곳을 시원하게 긁어주는 그런 정치, 그런 정치인을 이번 총선에서는 만날 수 있을까.

선거공보 잘 보관합시다

총선이 끝났다. 그간 여러 뒷 이야기와 엇갈리는 희비속에서 세상 살이의 이치를 보는 듯 싶다. 득의만만 희희낙락, 표정관리에 애쓰는 당선자 옆에는 절치부심 와신상담 권토중래를 노리는 낙선자의 허탈이 겹친다. 정부수립이후 60년간 모두 18번의 국회의원 선거를 치렀지만 이번 선거는 몇가지 측면에서 종전과 달랐다.

우선 다소의 오차와 이변은 있었다지만 어느 정도 결과예측이 가능했고 거기에 정치권 혐오와 냉소가 겹쳐 투표율은 실로 처참했다. 무엇보다도 정책, 비전대결이 사라지고 그나마 나열한 공약도 시장이나 군수, 구청장 선거와 차별성이 거의 없었다. 국회의원의 고유한 기능과 역할에 대한 근본적 회의가 높아질 수 있는 대목이다. 그리고 급조정당이 유난히 많았다.

유권자가 전혀 인지 못한 채 전체득표 2%가 되지 않아 해산조치를 받은 군소정당은 제쳐두고라도 제법 의석을 확보한 정당들 역시 선거를 앞두고 부랴부랴 만든 것이다 보니 정당의 이념에서부터 세부규정에 이르기까지 손볼 틈이 없었다. 거기에 올해 유난히 반복, 강조된 국회의원의 위상, 대우, 특권이 시민들에게 각인되면서 엄청난 혜택이 주어지는 국회의원을 뽑으면서 후보자 능력이나 인품, 성실성보다는 공천정당이나 뒤에서 밀어주는 인물만 보고 찍어달라는 희귀한 상황이 벌어졌던 것이다.

민주주의, 대의정치의 여러 구조적인 모순과 잠재적인 병폐가 한꺼번에 두드러졌음에도 이미 선거는 끝났고 299명에게 4년간 국정의 중요부분을 위임해야할 수 밖에 없다면 남은 일은 엄중한 감시와 격려, 공약준수 여부에 대한 매서운 눈길이다. 선거기간중 90도 각도로 숙였던 후보자들의 머리와 허리가 어느 각도 까지 다시 올라갈 것인가도 예리하게 지켜봐야 한다.

운동기간중 더없이 겸허, 공손, 자상, 소탈했던 후보자들이 과연 언제쯤 베일을 벗고 권위와 오만의 본색을 드러낼 것인가도 살펴봐야겠다. 17대 총선 당시 대폭 물갈이가 이루어져 신선한 정치판을 기대했으나 얼마되지 않아 초선의원 역시 그들의 선배가 밟아온 구태의 얼룩진 뒤안길로 총총히 달려가지 않았던가. 더구나 올 선거에서는 참신, 유능하다는 공감대를 얻은 인물들이 대거 낙천, 낙선한 반면 누가 봐도 문제있고 이러저러한 오점으로 점철된 인사들을 해당지역 유권자들이 적합하다고 뽑아준 것을 어찌할까.

현행 선거방식이 최선의 방법이 아님에도 차선, 차악의 방법일 수 밖에 없다면 대안은 한층 높아진 국민들의 정치의식과 비판력으로 4년간 그들의 정치활동과 발언, 법안제출과 투표 내역, 그리고 공약 실천여부 등으로 4년 뒤 심판의 잣대를 삼는 일이다. 청렴하고 성실하게 의정활동을 벌이는 이들에게는 후원회를 통하여 성원을 보내는 동시에 구태의연한 정상배들에게는 국민의 매서운 힘을 보여줌으로써 우리 헌정

역사를 통하여 지속된 악습의 고리를 이제는 끊어야할 의무가 주어졌
다.

　선거운동 기간중 각 가정으로 배달된 선거공보는 후보자의 약력과
소신, 정치관 그리고 지역구에 약속하는 각종 공약으로 가득차 있다.
팽배한 정치불신과 저조했던 이번 총선 참여율로 미루어 볼 때 선거공
보를 봉투도 뜯지 않고 그대로 재활용 분리수거로 넘겼거나, 한번 훑어
보고 쓰레기통으로 던졌을지도 모르지만 아직 찾을 수 있다면 차분히
다시 읽어보고 당선자가 약속한 공약의 이행여부와 성과를 다음 선거
에 반드시 반영할 일이다.

　이미 버렸다면 내걸었던 공약만이라도 챙겨보자. 당선자의 선거운
동 홈 페이지가 폐쇄되기 전에 서둘러 다운받아 출력해 놓으면 좋겠다.
낙선자중에서도 호감이 가는 인물이 있었다면 그들의 공약도 참조하
면서 원외의 어려움속에서도 지역발전을 위하여 얼마나 노력했는지
살펴보고 다음에 일할 기회를 줘야하지 않을까.

　"몇번 씩이나 뽑아줬는데 지역구에 해놓은 일이 뭐냐?"고 다그치기
에 앞서 공약실천 여부를 평소 관심있게 살펴보지 않았던 주민들에게
도 책임이 있다면 우선 지난 대선과 총선 선거공보부터 서둘러 찾아보
자.

남편을 오빠라 부르는 사회

영어교육을 강화한다는데 우리말의 섬세한 뉘앙스와 감칠맛 나는 감각훈련이 자칫 희석될까 싶어 우려된다. 영어교육과열로 우리말과 글에 대하여 체계적이고 심도있는 교육을 받을 기회가 차츰 줄어드는 이즈음 청소년들의 우리말 구사력이 현저히 떨어지고 표현력이 획일화되면서 자긍심이나 민족관 형성에 걸림돌이 되지 않을까 걱정이다. 가령 맛집을 탐방한 TV카메라 앞에서 대부분의 젊은이들은 '담백해요, 쫄깃해요'같은 몇가지 상투적인 형용사로 그들의 미각을 표현할 따름이다. 모국어 어휘력 확충이 사회생활의 든든한 무기이며 자산임을 그들은 깨닫지 못하고 있는 것이다.

과문한 탓으로 다른 구체적인 영어어휘를 쉽게 떠올리지 못한 까닭도 있겠지만 가령 붉은 색은 영어로 'red'로 통칭되는데 비하여 우리말 표현의 붉다, 시뻘겋다, 새빨갛다, 불그레하다, 벌겋다, 발그레하다, 불그죽죽하다, 불그스름하다, 불콰하다, 발긋발긋.. 같은 미묘한 어감의 변화를 영어로 어떻게 표현하여 가르칠 수 있을까. 어디 색깔표현 뿐일까. 우리사회의 전통적인 친족관계, 촌수개념을 영어로 옮기면 포괄적으로 뭉뚱그려져서 구분이 어렵게되기 쉽다.

아저씨를 뜻하는 영어의 uncle, 프랑스어의 oncle는 숙부, 백부, 이모부, 고모부, 당숙, 재종숙 기타 아저씨뻘의 모든 인물을 총칭하므로 누가 누군지 구분하기 어려운 경우에 많다. 물론 핵가족시대에 당숙이나 재종숙부까지 뻗어나가는 일이 드물테지만 가깝고 먼 친족그룹이 '엉클'이라는 한 단어로 묶여진다면 아쉽다. 요즈음 청소년들의 어휘력이 매우 제한적이어서 상용하는 몇가지 표현과 단어, 의성어-의태어로 의사소통을 하는데 영어몰입교육으로 커뮤니케이션이 이루어질 경우 드러날 빛과 그림자를 짐작해보기는 그리 어렵지 않다.

색깔이나 친척관계 호칭은 그렇다 하더라도 젊은 부부사이에서 자연스럽게 쓰이는 '오빠' 호칭은 영어로 어떻게 전환될까. 남편을 오빠라 부르는 나라가 우리말고 또 있다는 이야기를 들어본 적이 없다. 물론 결혼전 호칭이던 '오빠'를 자연스럽게 이어가는 것이고 애칭 또는 친밀감의 표현이지만 부부간의 금슬표현이라는 긍정적 의미보다는 교육, 사회적으로 역기능이 적지 않을까 싶다. 남녀간의 위상이 변화하고 적극적인 애정표현이 일상화 되었다지만 남편을 '오빠'로 부른다면 이를 보고 듣는 아이들도 자연스럽게 따라할 것이고 자칫 남편으로서의 오빠와, 일가친척 또는 사회선배로서의 오빠가 혼동될 경우 크고작은 부작용이 발생할 단초를 제공하기 때문이다. 서양처럼 배우자의 이름을 부르거나 낯간지러운 허니, 달링 같은 애칭의 대용치고는 어딘지 미흡하다. 실용주의로 시대를 이끌어 간다는 이즈음 가족간 호칭의 합리적인 진화는 필요하다. 어디 오빠뿐이랴. '아가씨'로 불려야 할 시누이는 '고모', '도련님'이 적합한 시동생은 '삼촌'이다. 시동생도 삼촌이고 백부, 숙부 구분없이 모두 '삼촌'으로 부른다면 삼촌과 조카 구분없이 모두 삼촌으로 통칭되는 혼란은 별 문제 없을까. 아저씨, 아주머니 항렬은 모두 '엉클'과 '안트'로 부르는 것이 실용주의 정신이 아니라면 먼저 우리 일상주변 관계호칭의 무질서와 혼란부터 정리하는 것도 과제인듯 싶다.

가족관계가 변화하고 삶의 반경이 축소되는 이즈음 예전처럼 복잡한 호칭과 구분을 다시 복원하자는 주장은 아니다. 난마와 같이 얽혀 기본과 원칙을 잃고 얽히고 꼬여가는 사람과 사람사이의 명쾌한 호칭과 위상정립이 선행되지 않는 실용사회는 더 큰 혼란과 댓가를 초래할 것이기 때문이다. 빨갛다와 발그레하다의 느낌차이를 확실히 알고나서 영어로 표현하는 것과 붉은 계열은 무조건 red로 표기하는 것에는 엄청난 차이가 있다. 우리말 표현의 다양성과 풍부함, 그 기막힌 묘미를 확인, 훈련시키고 어린이와 청소년들에게 남편을 왜 오빠로 부르지 않아야 하는가를 깨닫도록 하는 것이 감성, 인성교육의 소박한 출발점이 되지 않을까.

보신탕 논쟁, 이제는 끝내야할 때

우리나라 음식 가운데 보신탕 만큼 다양한 이름을 가진 경우도 흔치 않다. 보신탕, 보양탕, 영양탕, 민속탕, 사철탕, 개장국, 그냥 '탕'이라고 해도 통용될만큼 폭이 넓다. 1988년 서울올림픽 기간중 보신탕 판매금지조치가 내리자 아무런 표시나 간판없이 그냥 '합니다'라는 조그만 팻말 하나를 걸어놓고도 영업이 되었다고 한다.

법과 행정의 사각지대　　개고기 식용은 여러 측면에서 비문화적이고 인도주의에 어긋나므로 원천적으로 금지해야 한다는 입장과 오랜 전통의 민속음식으로 그 자체 이미 하나의 문화가 되었다는 주장사이의 논쟁은 그간 수십 년의 세월을 거치는 동안 뚜렷한 결론도출 없이 대립각을 유지하고 있다. 거기에 당국의 엉거주춤한 수수방관이 더해지는 가운데 법과 행정의 사각지대로 그냥저냥 세월이 흘러가고 있다. 4월 중순 서울시는 개고기 안정성 검사를 실시할 것이라고 발표했다. 개고기에 관한 실로 오랫만의 행정조치였다. 서울 시내 530개 개고기 식당을 대상으로 유해성분을 검사하여 식품위생법을 적용한다는 내용인데 현행 축산물가공법에는 개고기가 포함되지 않아 도축, 유통, 보관, 판매 등에 법규정이 수반되지 않는 공백상태로 그간 크고 작은 사회문제를 야기해왔던 만큼 이번 서울시의 조치는 다른 지자체에 영향을 끼칠듯하여 주목할만하다. 아울러 서울시는 축산물가공처리법에 개고기를 포함하는 건의를 하겠다고 밝혔다. 물론 이것이 개고기 유통 합법화와는 무관하다는 단서를 붙여 논란의 비화를 막고 있다. 개고기음식을 판매한다고 처벌하지는 않지만 위생, 안전검사에서도 제외되어 여러 불합리한 문제가 야기되기도 했다.

개고기 논쟁의 요지는 매우 간단하다. 사회가 바뀌어도 거의 변함이 없다. 개는 다른 동물과는 다른 만큼 식용은 절대불가하다는 입장과 식용 개고기는 애완견과 구분되며 오랜 민족전통이므로 이를 금기시하는 것은 부당하다는 주장의 대립이 그것이다. 반대론자들은 가두홍보, 매스컴 활용같은 조직적인 대응과 국제여론에 호소하는 등 발빠른 행보를 보이는 반면 찬성측은 개고기를 먹음으로써 자신들의 의사를 암묵적으로 표현하고 있다.

여론합의 어렵다면　　우리 주변에는 환경과 의식구조의 신속한 변화에도 불구하고 공감대 조성이나 묵시적 동의로 사회합의를 이끌어내기 어려운 과제들이 적지않다. 사형제도 폐지논란이 그러하고 대학기여입학제, 병역필자 가산점부여에 이르기까지 대립되는 의견만 분분할뿐 소모적 논쟁과 감정충돌의 반복을 벗어날 활발한 토론과 대승적인 대안도출에는 그리 적극적이지 못하였다. 개고기 논란도 그러한 맥락에서 볼 때 행정당국부터 정부수립 이후 뒷짐만 진 채 국민정서

나 위생문제에 책임회피로 사실상의 직무유기를 해온 셈이다. 정치권
도 첨예하게 대립하는 여론이 표심으로 연결될 것을 의식한 탓인지
입법조치에 더없이 게을렀다. 사형제 폐지법안만 하더라도 16대 국회
에 상정되었으나 낮잠만 자다가 이제 18대 국회로 넘어가게 되었다.

　개고기 반대측이 가열찬 의사표시와 행동을 중단할 전망은 희박하
다. 또한 개고기 식당이 문을 닫고, 애호가들이 보신탕을 그만 먹겠다
는 의향 역시 없어 보인다면 국민 공감대에 의 한 합의점 도출은 사실
상 어렵지 않을까. 그렇다면 이제 공은 행정당국으로 넘어간다. 양측의
주장을 적절히 수용하면서 완전히 흔쾌하지는 않더라도 어느정도 납
득할 수 있는 현실적인 대안제시와 적절한 행정조치가 시급하다. 찬반
론자 모두의 입장을 아우르면서 명분과 실리를 얻을 방안을 찾아보자.

"도취하시오,   '하얀 마법' 속에서"

"당신이 시간의 학대받는 노예가 되지 않으려면 취하시오!
쉬지말고 취하시오! 술로, 시로, 또는 덕성으로, 당신
취향에 따라……" (보들레르, '취하시오')

경기가 끝간데 없이 어려워지면서 소주판매량이 증가하고 있다고
한다. 세상살이의 팍팍함을 소주 한잔으로 달래려는 서민들의 손길이
늘어나고 있다. 소주 알콜 도수가 점차 낮아지는 것도 한가지 이유가
될 수 있을 것이다. 예나 지금이나 살아가는 것이 힘들고 현실의 무게
가 삶에 고통을 줄 때 그 굴레를 벗어나는 손쉬운 도구를 술을 택하는
지도 모른다.

프랑스 상징주의 시학의 원조 샤를 보들레르는 앞에서 인용한 산문
시 '취하시오'에서 시간의 압박과 우리를 끊임없이 짓누르는 사회와
제도, 인간의 질곡에서 벗어나려면 간단없이 취할 것을 권유했다. 시,
도덕, 술 등 무엇이든지 자신의 취향에 따라 끊임없이 취할 때 꿈꾸는
이상세계, 인공낙원으로의 길이 열릴 것이라고 노래했던 것이다. 그중

시와 도덕에 취하는 것은 이른바 '하얀 마법'이고 술이나 마약, 다른 불건전한 취미에 몰두하는 것은 '검은 마법'으로 분류한다. 하얀 마법은 환각을 어느정도 지속적으로 유지시키며 그 가운데서 창조적인 활동을 가능케 하지만 검은 마법은 자아를 파괴시켜 그 환각의 유용성 자체를 깨뜨릴 수 있다는 주장이다. 지금부터 150년 전에 살던 보들레르는 21세기 벽두 너나없이 어려워진 오늘 지구촌 삶을 예견이라도 한듯 끊임없는 도취를 권유했던 것이다. 그러나 이 시는 술꾼들이 자신의 음주행위를 아전인수격으로 끌어오는 술예찬이나 합리화가 아니다. 시간의 압박과 일상의 궁핍함을 극복하는 대안으로서 나름대로 터득한 마법을 찾으라는 포괄적인 권유에 다름아니다.

역사와 현실은 반복되는 것인가. 19세기 중반 프랑스 부르주아 사회의 속물근성과 경박한 현실향락 분위기를 바로 지금 우리 스스로 증인이 되어 선명하게 경험하고 있다. 보들레르 시대로부터 한 세기 반이 지난 이즈음 사회는 우리에게 무엇에 도취하기를 요구할까. 누구나 염원하는 삶의 위안과 정화, 인간끼리의 깊은 애정 그리고 긍정과 희망의 메시지를 주고 받으려면 건너야 할 도취의 강이 있다. 누구나 자신의 형편과 기호, 취향, 생활 패턴에 맞게 '도취'의 종류와 방법을 터득한다면 삶의 팍팍함은 한결 누그러지지 않을까.

국민의 2% 남짓한 이른바 강부자 계층의 우월감과 도취가 사회양극화를 부추기고 위화감을 조성하지만 그들이 삶을 풍요롭게 하는 진정한 '도취'를 찾아내기란 여간 어려운 일이 아니기 때문에 그리 행복해 보이지는 않는다. 소비, 향락, 여유, 자만감, 우월의식 같은 개념의 도취는 이내 싫증이 나고 단조로움을 주기 때문이다.

가장 손쉬운 도취의 매개체인 술은 일종의 마취제로서 환각의 지속성까지 파괴하는 역기능이 있다. 그러나 술이 현실의 답답함을 해소하는 수단으로 쓰이는 것은 술이 현재의 '너머'로가는 에너지라는 주장은 그런대로 설득력이 있다. 그러나 이러듯 손쉽게 접할 수 있는 술의 '검은 마법'을 장악하는 힘과 지혜가 필요하다. 이성과 환각, 정상과 일탈, 합리와 과도의 그 아슬아슬한 경계에서 오늘도 수많은 사람들이 위험한 곡예를 하듯 더러 발을 잘못 디뎌 검은 마법의 나락으로 떨어지는 것을 우리는 목격하고 있다.

'훌륭한 주당(酒黨)'이었던 시인 조지훈 선생의 고백은 이런 의미에서 귀담아 들을 만하다. "술을 마시는 것이 아니라 인정을 마시고 술에 취하는 것이 아니라 흥에 취하는 것이다."

제2부

문화의 숲을 걸어가자

그리운 국민배우 김승호金勝鎬

한동안 상승세를 타던 국산영화의 시장점유율이 한풀 꺾이면서 하향세를 그린다고 한다. 최근 몇 년간 우리영화는 흥행호조에 힘입어 강력한 문화상품으로 등장하면서 투자 자본과 인력이 몰리는 등 화려한 르네상스를 경험하였다. 영화 한편의 관람객이 1,000만명을 훌쩍 넘었고 예전에는 상상 못했던 높은 값으로 수출되어 외국에서 호평을 받고 각종 국제영화제 입상으로 작품성이나 수준도 인정된 셈이다. 그 뒷켠에는 오랜 세월 영화인들의 숱한 고난과 노력, 희생, 걸출한 공헌이 뿌리 내리고 있다. 임권택 감독이 세계적인 거장으로 우뚝 설 수 있었던 것도 '광야의 호랑이', '두만강아 잘있거라' 같은 작품을 만들면서 1960년대 영화의 영세성과 참담함을 체험하였기 때문이 아닐까.

그런 국산영화가 이즈음 심상치 않은 기류를 타고 있다. 소재확산, 마케팅 전략 현대화 같은 여러 해법이 나오겠지만 이 시대의 즐거움과 아픔을 연기하는 걸출한 배우가 흔치 않은 것도 거기에 한몫 거들지 않을지. 세대간의 정서편차를 보듬고 남녀노소 누구나 좋아할 새로운 '국민배우'의 등장이 기다려진다.

따뜻한 카리스마, 아버지를 연기하다 　　한국 영화사에서 명멸했던 숱한 연기자 가운데 김승호(1918-1968)씨를 기억하는 사람은 이제 그리 많지 않다. 김승호는 타고난 재능, 끝없는 연기욕심, 성실한 노력, 영화에 대한 진지한 신념 등에서 단연 별처럼 빛난다. 해방공간 이후 1950-1960년대에 이르는 기간 궁핍했지만 넉넉했던 우리 사회의 빛과 그림자를 탁월한 연기로 그려내면서 영화의 문화적 위상을 높이면서 대중의 관심을 스크린으로 이끌어 냈던 것이다.

이제는 세계 유수 영화제 입상이 흔하지만 김승호가 영화「마부」로 베를린 영화제 특별은곰상을 받을 당시 우리나라의 국력과 국제적 인지도, 영화계 여건등을 감안할 때 이 수상은 우리나라 현대문화사를 대문자로 기록한다. 요즈음 아버지 역할로 인기를 얻은 이순재, 신구, 주현씨 등과는 전혀 다른 캐릭터로 김승호의 이미지는 일견 주착스럽고 실수연발의 고집불통 아버지상으로 비쳐진다. 그러나 거기에서 그는 범접할 수 없는 카리스마, 영(令)이 서는 아버지, 가족통합-조정의 명수인 아버지의 힘을 함께 보여준다. 속깊은 헤아림과 너그러움, 너나없이 고단했던 삶속에서도 현실을 긍정하고 향유하면서 속깊은 사랑과 내면의 고뇌를 천의무봉하게 연기하였던 배우였다.

死後 40년, 다시보는 김승호 　　'김승호 다시 보기'는 우리 영화 발전을 위한 작고 영화배우 재조명 차원에서 뿐만 아니라 점차 사라지는 아버지의 당당한 권위와 역할이 새삼스러운 사회학적 측면에서도 필요한 때인듯 싶다. 김승호가 연기했던 1950-1960년대 아버지상이 그

립다. 그런 아버지는 지금 어디 있는가. 이즈음 부권(父權)상실, 가족
해체, 세대간 갈등 같은 혼돈속에서 언제나 거기 우뚝 서있는 아버지,
카리스마속에 담긴 속 깊고 너그러운 아버지 모습을 김승호의 연기에
서 찾아볼 수 있다. 세상을 떠난지 올해로 꼭 40년. 이제 잊혀져가는
영화배우 김승호의 연기와 이미지가 스크린을 벗어나 가정으로, 사회
로 확산될 만큼 우리는 지금 절실하게 '아버지像'을 찾고 있는 것은 아
닐까.

중년을 위한 놀이공간 필요하다

우리 사회 고령화현상이 가속화되면서 노인계층의 복지문제를 비롯해 삶의 질 향상을 위한 사회의 관심이 증가하고 있음은 반가운 일이다. 그간 경제 위주의 산업화과정을 거치는 동안 외형적 지표에 관심이 쏠리면서 구체적인 삶의 수준을 끌어올리기 위한 노력에 소홀한 것이 사실이다. 뒤늦은 감이 있지만 사회적 약자일 수밖에 없는 노년과 유아에 대한 배려와 관심이 제도화되고 있음은 고무적인 일이다.

노인인구를 대략 65세 이상으로 규정하면 그 아래 계층은 중장년층으로 이 경우 40대 중반 이상 65세 이하를 포괄하는데 이들에 대한 관심은 상대적으로 취약했다.

퇴직과 고용불안, 가부장적 사회인식에 따른 과중한 부담감 등을 안고 살아가는 중년층의 삶의 질을 높이기 위한 노력은 유아, 청소년, 노년층에 대한 관심 못지않게 중요하다. 1950년대를 전후한 궁핍한 시대에 출생, 성장하여 격변기 우리 사회의 풍랑을 겪으면서 오늘날의 성장을 이룬 주역이면서도 중년층의 위상과 정서, 삶의 현실은 그리 튼실하지 못하다.

무엇보다도 그들에게는 건전한 놀이와 스트레스를 해소하기 위한 여가선용 방안과 여건이 취약하다. 골프와 운동, 바둑 같은 취미생활을 즐기기도 하지만 보다 대중적이면서도 전향적인 여가활용을 위한 사회와 정부의 관심이 필요하다. 때이른 퇴직과 주5일 근무제 도입 등 변화하는 사회 상황에 부응하여 사회의 어깨와 허리로서 올바른 놀이문화를 향유할 수 있는 계기를 마련해 주자. 젊은 세대에 점령당한 대중문화. 노인들에 쏟는 배려의 틈새에 끼어 술, 노래와 춤, 고스톱 등 소모적이고 비생산적인 놀이에 의존했던 관행에서 벗어나 재미있고 건전한 유희를 습득하여 삶의 아름다움을 향유할 제도 마련이 필요하다.

우선 지방자치단체 차원에서 시범적으로 중년층을 위한 복합놀이시설을 운영해 볼 수 있다. 여기에서는 다양한 레크리에이션과 스트레스 해소를 위한 프로그램을 포함, 외국 사례를 도입하여 중년층이 건강한 열정을 발산하도록 하자. 그것이 사회로 확산되어 여러 세대 갈등을 해소하고 사회통합의 초석을 이루는 귀중한 자원으로 삼아야 할 때다. 중년들이 이제 음습하고 퇴행적인 놀이시스템에서 벗어나 대접받는 사회의 주역으로서의 위상을 확립하도록 각별한 관심을 기울이자.

카페에서 만납시다

유럽의 봄은 카페에서 열린다. 겨우내 들여놓았던 테이블과 의자를 밖으로 끌어내 노천영업을 시작하면서 비로소 본격적인 봄을 맞이한다. 유럽 어느 나라건 크고 작은 도시 곳곳에 카페가 자리 잡고 있다. 대로변, 광장, 관광명소뿐만 아니라 이름 없는 작은 마을에서도 카페는 사람들을 불러 모은다.

낯선 곳일지라도 카페에 들어가 보면 그 지역의 분위기와 주민들의 마음이 그대로 읽혀진다. 그 카페가 특히 유럽 대도시의 경우 속속 폐업이 이어지면서 불경기의 그늘이 짙어진다고 한다. 여유를 빼앗는 삶의 속도, 인터넷을 비롯한 취미활동과 레저스포츠의 확산, 거리매연 같은 공해 등으로 17세기 이후 사교와 휴식, 담론문화를 키워왔던 카페가 위기를 맞이한 셈이다.

우리 주변의 카페는 개념이 다르다. 대부분 지하 컴컴한 공간에서 별실이나 칸막이를 설치하고 술값보다 비싼 안주를 의무적으로 주문해야 하고 여종업원 술시중이 이루어지는 은밀한 업소를 통칭하는 우리

나라 '카페'는 잘못 유입된 프랑스어, 프랑스 문화의 대표적인 사례다. 기혼여성이나 귀부인을 지칭하는 '마담' 역시 유흥업에 종사하는 여성을 부르는 어휘로 오용되고 있듯이 발상지인 유럽에서 뿌리내린 건전한 삶의 향유의식, 열린 공간개념과는 거리가 있다. 카페는 처음 생겼던 17세기 이후 커피의 맛과 자유스러운 이야기와 토론을 즐기며 일상으로부터의 해방을 구가해 왔던 것이다.

왜 카페를 찾을까. 커피나 차, 맥주 한잔이 좋아서겠지만 반드시 그렇지만은 않다. 슈퍼마켓이나 편의점에서 구입한다면 더 저렴하겠지만 카페는 나름대로의 흡인력으로 다양한 목적의 고객들을 모아들인다. 친구를 만나러, 비즈니스로, 잠시 다리를 쉬러, 연인과의 만남을 위해 또는 아무 목적 없이 그냥 혼자가 되고 싶어서도 카페를 찾는다.

꽉 짜여 빈틈없이 돌아가는 도시공간에서 자유와 일탈, 익명의 즐거움을 누리기 위한 적절한 분위기를 카페는 제공한다. 혼자 생각에 잠기거나 책을 읽기도 하지만 대체로 이야기를 나누고 열띤 토론이 벌어지는 카페는 그리하여 만남의 광장, 창작의 산실, 영감의 원천 나아가 시민혁명이 준비되던 역사의 현장이 되기도 했다.

"집과 카페의 관계는 결혼과 연애의 관계와 같다"라는 문구는 적절하게 카페의 위상을 요약하고 있다. 맥주 한 잔을 시켜놓고 몇 시간 동안 머물러도 누구 하나 눈치주지 않는 자유로운 공간, 사르트르와 헤밍웨이가 카페에서 문학과 철학을 논하며 한 시대를 풍미했듯이 이제 우리 사회에도 카페처럼 열린 만남, 대화와 토론, 사색과 성찰의 공간을 확충해야 하지 않을까.

직장과 학교의 적절한 공간 또는 지자체 소유의 부지에 문화복지 차원으로 카페를 만들어 열린 담소와 대화의 장소로 제공하면 어떨지. 진을 치고 앉아 잡담으로 근무능률이나 생산성이 떨어진다고 걱정할 일이 아니다. 밀폐된 곳에서 발생하는 험담과 질시, 음모를 밝은 장소로 유도해 오해를 풀고 서로를 드러내는 화해와 소통의 마당이 될 수 있기 때문이다. 지위나 사회적 신분으로부터 잠시 벗어나 인간적인 대화를 나눌 계기가 거기 마련된다.

우선 대학에서 자체적인 카페운영을 시도해 보자. 학생과 교수의 대화, 만남을 강조하면서도 교수 연구실에서의 면담이 왠지 모르게 위압감과 거북함을 주고 있다면 교내 카페가 적격이다. 꽃 피고 녹음 우거지고 단풍이 곱게 물든 야외카페면 더욱 좋다. 커피 한 잔을 앞에 놓고 나누는 대화에서 지금 우리 대학, 우리 사회가 안고 있는 갖가지 어려움이 풀릴 단초를 찾게 될지도 모른다.

사이버시대의 문화예술

인터넷 맹신의 함정　　필자는 한 학기에 한두 번 부과하는 과제물을 반드시 원고지에 육필로 쓰도록 학생들에게 당부한다. 사이버문화의 급속한 확산으로 펜으로 글을 쓰는 행위 자체가 소원하고 어색해진 요즘 이런 조치는 여러 반응을 낳기도 하지만 원고지에 쓰는 동안 머릿속에 정리되는 과정에서 자판 누르기에 비해 많은 것을 얻을 수 있기 때문이다.

400자 원고지에 합당한 제목을 달고 소상하고 함축적인 목차, 상세하고 신뢰할 만한 각주, 광범위한 참고문헌 명시 등 논문쓰기의 기본을 강조하면서 소박하지만 나름대로의 주장과 분석이 담긴 글을 쓰는 것이다. 요즘 학생들이 자기표현 능력이 부족하고 문장력이 미흡한 것이 바로 단기간의 컴퓨터 문화 확산으로 인한 부작용이기 때문이다.

젊은 세대를 포함한 학생들의 인터넷에 대한 신뢰는 거의 절대적인 것이어서 맹신차원에 이를 정도다. 과제를 받고서도 차분히 준비하거나 서두르는 기색이 별로 없는 것은 컴퓨터를 켜고 인터넷만 열면 자신이 원하는 정보를 언제든 출력할 수 있다고 생각하기 때문이다. 그리고는 마감 하루이틀 전에 이곳저곳을 검색해서 적당한 내용이 발견되면 신뢰성 여부나 적합한 주제인지 크게 고민하지 않고 그대로 다운받아 다시 읽어보는 일도 없고 또 주제에 맞게 정리하는 과정도 소홀히 한 채 제출하는 경우가 많다.

‘유용한 정보’와 ‘잡음정보’　　인터넷상에 떠도는 숱한 정보와 지식, 갖가지 주장을 모두 신빙성 있다고 받아들이는 데서 문제는 시작된다. 하지만 인터넷 초기에는 그럴 수 있었어도 지금처럼 누구나 자유롭게 인터넷에 글과 그림을 올리고 국경과 시간을 넘나들며 유통되는 상황에서는 문제가 달라진다. 그 중에는 부정확하거나 납득하기 어려운 주장도 허다하며, 특정 목적을 위한 왜곡 또는 타인을 음해하기 위한 의도를 가진 경우도 숱하다. 특히 판별력이 부족한 청소년 계층과 검증단계 자체를 귀찮아하는 사람들에게 미치는 영향력은 참으로 크다. 다시 말해 ‘유용한 정보’와 ‘잡음정보’를 구분하는 기능이 아직 체계화되지 않은 데서 문제의 심각성이 더 크다는 것이다.

‘유용한 정보’는 문자 그대로 참으로 유익하다. 삶을 편리하고 규모 있게 만들어줄 뿐 아니라 제때에 공급되는 정확하고 체계적인 정보의 힘은 막강하다. 시간과 비용의 절약은 물론 사회발전의 원동력으로서의 그 쓰임새는 더없이 긍정적이다. 그러나 그에 못지않게 ‘잡음정보’, 쓰레기 정보는 외견상 더 화려하고 매혹적으로 포장된 채 생활 속으로 침투한다. 넘쳐나는 스팸메일이 그러하고 호기심을 자극하는 여러 모습으로 삶을 흐트러지게 하고 정보사회의 역기능을 조장하는 암적 요인으로 성장하고 있다.

온기 잃은 사이버문화　　　세계적으로 유례없이 빠른 기간에 인터넷 강국, 정보대국으로 성장한 우리나라로서 이제 중요한 것은 유용한 정보의 육성과 잡음정보의 차단, 정보화 구축과정에서의 메마름에 인간다운 온기와 교류의 채널을 구축하는 일로 모아진다. 인터넷이 삶을 어느 정도 편리하고 경제적으로 만들어줄 수는 있을지언정 그것으로 삶의 본질적인 행복과 복지를 담보하기는 어렵기 때문이다.

나날이 발전하는 사이버기술의 와중에서 문화예술 역시 여러 변화를 겪고 있다. 원고지에 펜으로 써내려가던 원고 집필도 이제는 모니터를 쳐다보며 자판을 두드리는 행위로 바뀌었다. 첨단기술에 힘입은 컴퓨터 그래픽기술은 미술, 영화 장르에 일대 변혁을 몰고 왔다. 음악 역시 컴퓨터시스템을 이용하여 자유자재한 작곡과 편곡, 연주, 까다로운 요구에도 어려움없이 부응할 수 있다. 건축설계는 물론이려니와 무용, 국악, 연예에 이르기까지 여러 예술장르에 사이버문화가 몰고 오는 변화의 물결은 도도하다.

그러나 다른 분야에 비해 문화예술인들의 정보화 마인드는 상대적으로 뒤늦은 편이다. 아직도 원고지를 고집하는 문인이 적지 않고 나날이 진보하는 IT기술에 대한 저항심리도 만만치 않다.

문화예술의 새로운 변별력을 키우자　　　정보화 사회에서 문화예술이 경험하는 새로운 도전과 변화를 살펴보며 구체적인 대응방법과 합리적 대안을 생각해 보는 일은 유익하다. 나아가 지엽적인 사이버 테크놀로지 접맥차원을 뛰어넘어 21세기 문화예술이 나아갈 바람직한 지향점과 정보화시대의 예술이 과거와 다른 변별력으로 무엇을 확보할 수 있는가를 점검할 때다.

민주문화, 과학언어로서의 한글

한날을 맞을 때마다 감회가 착잡하다. 한글의 편리함과 미래지향적 과학성, IT 정보화 시대에 걸맞는 구조와 부가가치 등도 그러하지만 임금이 백성을 위해 만든 언어라는 탄생배경은 인류문화사에서 희귀한 사례로 꼽힌다. 그러나 이즈음 특히 경박한 사이버문화의 확산으로 한글오염, 변형이 더해지는 가운데 외국어 선호가 몰고 오는 또 다른 도전과도 맞서야 한다.

세계화가 곧 영어화로 귀착되면서 의사소통 도구로서의 영어의 효용성은 인정되지만 생업이나 생활여건상 영어가 필요 없는 대다수 국민에게까지 영어를 모르면 삶에서 도태된다고 부추기는 세태는 자못 심각하다. 정부 관공서에서부터 영어로 된 브랜드, 슬로건 그리고 이러저러한 용어와 문구사용에 앞장서고 있다. 국제교류와 세계감각 함양 그리고 국가, 도시의 위상 강화가 반드시 영어로 된 표현을 통해서만 실현된다는 발상은 어떤 검증을 거쳐 확인되었나.

정신문화의 소중함과 국민통합 매체로서의 국어의 가치를 업신여기

는 경제논리 아래 1991년 한글날을 국경일에서 제외한 이후 한글의 위
상실추는 가속화되었다. 하루 더 놀게 됨으로써 발생할 경제적 손실,
생산성 저하 우려가 나랏말 존중을 통한 무한한 민족 자부심과 동질감
확인보다 앞선다는 근거는 설득력이 미약하다. 여러 날에 걸친 추석연
휴나 다른 국경일을 줄이더라도 문화민주 기념일로서의 한글날 국경
일 복원은 미룰 수 없다. 국회의 현명한 입법조치를 기대한다.

　계층간의 이질적인 언어유형의 편차가 굳어지고 지금의 청소년들이
사회주역이 될 때의 한글의 변질, 왜곡은 미루어 짐작이 간다. 자국어
순수성 보전, 오염방지, 언어 확충을 위해 선진국들이 경주하는 지극한
정성과 투자는 우리에게 남의 일인가. 점차 과격, 난폭, 조급해지는 언
어생활은 결과적으로 사회해체를 가중시킨다. 품위 있고 명료한 한글
사용은 우리의 문화경쟁력을 끌어올리는 동시에 세상을 정화시키는
촉매가 된다. 무심코 내뱉는 말, 생각 없이 쓰는 글의 혼돈에서 상처받
은 민족정신의 그림자는 깊어진다.

가족과 함께 국내여행부터

휴가철로 접어들면서 관련업계에서는 여름 특수를 노린 치열한 마케팅이 시작되었고 시민들도 나름대로 휴가계획에 눈길을 돌리는 이즈음이다. 끝없이 깊어지는 불황아래 올 휴가 분위기는 더없이 침체되어 있다.

빈익빈 부익부가 가속화되는 현실에서 일부 부유층의 호화 휴가양태는 서민들의 위화감과 상대적 박탈감만을 야기한다. 노블레스 오블리주, 즉 사회지도계급과 가진 자들의 모범적 삶의 행태가 전혀 정착, 규범화되지 않은 우리 사회에서 졸부들의 속물근성은 나날이 정도를 더해간다. 특히 여름 휴가철에 기승을 부리는 파행적 소비양상은 선진사회 진입에 걸림돌이 된다. '휴가'의 본뜻을 인식하고 진정 휴식과 재충전을 위한 활력소로 삼으려는 의식확산이 절실하다.

적자폭을 더해가는 무역외 수지, 즉 국민 여행, 관광경비를 포함한 외화지출 역시 사스파동과 조류독감 등으로 한동안 주춤했다가 그 후 다시 가파르게 상승해 왔다. 일부 업체의 상식 이하 덤핑가격 역시 무분별한 해외여행 붐에 일조한다. 결과적으로 국내여행보다 더 많은 지출, 몸과 마음의 극심한 피로, 외국의 하급문화를 여과 없이 수용하고 돌아오는 악순환이 해외여행 자유화 이후 가속되는 어두운 그림자다.

마침 한국관광공사에서는 정부 후원으로 '내 나라 여행박람회'를 열고 온 가족이 함께하는 국내여행 권장 캠페인을 대대적으로 전개하고 있다. 칠갑산을 가보지 않고 스위스 여행을 떠나고 서해안 해수욕장을 모르면서 파타야해변 관광을 자랑하는 현실에서 모쪼록 휴가철에는 온 가족이 함께 우리 나라의 명소와 휴가지를 찾는 유익하고 알뜰한 의식이 정착되기를 기대한다.

점차 단절되는 가족간의 의사소통과 연대감을 복원하고 지역경기 활성화, 그리고 이른바 웰빙 열기에 부응하는 신토불이 건강여행의 장점에 주목할 때다. 넘쳐나는 정보의 홍수시대, 우리의 감각과 본능을 유혹하는 물신숭배 사회에서 진정 활력 재충전과 살아 있음의 축복을 확인하는 소박한 방안은 가까운 내 나라 산천과 문물의 새로운 발견과 체험에서 실현될 수 있기 때문이다.

농어촌 관광은 새로운 지역문화 지름길

내국인 출국자수가 전년대비 놀라운 수치로 증가하고 있다. 어려운 악재에도 불구하고 매년 꾸준히 상승한다. 여행사들은 역마진이 발생하는 덤핑 출혈경쟁중이지만 항공기 좌석은 동이 나는 기현상이 벌어지고 있다.

이런 가운데 문광부와 한국관광공사에서는 '내 나라 사랑 여행' 캠페인을 펼치면서 국내여행 활성화에 나섰는데, 여름휴가로 해외여행을 계획하는 국민들의 마음을 국내로 되돌리는데 역점을 두고 있다. 해외여행 업체에서 보더라도 반가운 일이다. 많은 업체가 국내, 국외여행업을 함께 취급하는 이른바 일반여행업이고 국내여행 활성화는 곧바로 해외여행 경기에도 영향을 미치기 때문이다.

내 나라 먼저 찾기 국내여행을 통해 자신과 가족의 추억, 꿈, 미래와 만나고 농어민들과의 진솔한 교류로 따뜻한 세상을 꿈꾼다는 취지를 내세운다. 국내여행 활성화로 경기회복에 일조하고 외화지출 감소, 농어촌 지역경제 발전을 호소할 계획이라는데 이 운동의 성공 여부는 아직 미흡한 국내 관광 인프라 확충 특히 농어촌 관광기반 조성에 달려 있다.

1989년 해외여행 자유화 이후 물밀 듯이 몰려나간 외국관광 붐이 이제 한 고비를 넘으면서 가이드 깃발 따라 정신없이 돌아다니는 주유형 관광에서 차분하게 살펴보며 여유있는 휴식을 취하는 정착휴양형으로 바뀌는 중이다. 에펠탑이나 루브르를 찾는 관광은 한번이면 충분하다. 저가 여행상품에 따르는 이러저러한 마찰과 추가지출, 문화적 차이 등으로 해외여행이 기대만큼 즐겁고 유익한 것이 아님을 확인하게 된 이즈음 내 나라 먼저보기 운동은 시의적절하다.

근래에 들어 농촌관광에 대한 관심이 높아지고 있다. 도시주민에게 새로운 체험관광으로 각광받는 농촌관광은 우선 개방화, 국제화 와중에서 피폐할 대로 피폐해진 농어촌의 불안정한 소득구조를 개선하고 도시자본이 유입되면서 무차별한 난개발과 환경오염으로 신음하는 농촌의 현실을 극복할 수 있다. 그리고 삶의 질 향상과 여가에 대한 관심 증가 역시 호재가 된다.

외국 농수산물의 시장점령으로 경쟁력을 잃어버린 이후 경지정리를 통한 대규모 영농의 생산성 제고나 제품 품질향상만으로는 버티기 힘들다. 여기에 서비스를 결합하면 높은 부가가치 창출이 가능한 까닭에 농촌관광은 이미 외국에서는 오래전부터 국가, 자치단체, 농어민 자생단체가 유기적으로 연계하여 문화체험, 휴양과 재충전을 원하는 내외국인들에게 큰 인기를 끌고 있다.

"농촌도 상품이다"　　오래된 전통가옥에서 별을 보며 하룻밤을 보내며 인정 넘치는 현지 농어민들과 나누는 이야기는 아름다운 추억이 된다. 물론 청장년층이 모두 도시로 나가 노인층만 남은 탓에 적절하고 수준높은 서비스 제공이 어렵고 도시인의 취향에 맞는 숙박-휴양 시설 또한 아직 초보단계다. 화장실 시설에서부터 주차, 레포츠, 특산물 판매, 예약 시스템 등 그 어느 하나 마땅하지 않다. 그러나 정부나 농어민, 전문가가 함께 '농촌도 상품'이라는 확신 아래 마을 자체를 매력있는 문화상품으로 만들어가는 의지가 중요하다.

한창 붐을 이루는 상업펜션 등에서는 얻기 어려운 순박하고 감동적인 서비스, 무공해 음식과 특산품, 해당지역의 고유한 전통과 생활감각을 느낄 수 있는 환경과 상품을 만들어나가자. 독특하고 새로운 농어촌 지역문화가 형성되고 불황에 허덕이는 관광산업에도 활로를 열어놓을 수 있을 것이다.

'내나라 먼저보기', 지역이 앞장서자

각급 학교 겨울방학과 연말연시가 다가오면 해외여행과 항공권 예약열기가 후끈 달아 오를텐데 요즘은 조용하다 못해 싸늘하다. 1989년 해외여행 자유화 이후 IMF구제금융기간을 빼고는 처음으로 외국관광, 여행 붐이 주춤한 셈이다. 미국발 경제공황에 인도 뭄바이 테러, 태국 소요 등이 겹쳐 세밑 어수선한 분위기도 한몫 거든다. 그러나 부유층의 소비행태는 더 고급화, 집중화되고 있어 사회 양극화는 어느새 치유하기 어려운 상태로 줄달음치고 있는듯하다.

해외여행 자유화 이후 20년은 정말 숨가쁜 세월이었다. 출국자가 연간 1,000만 명을 이미 오래전에 넘어섰고 지구촌 곳곳을 누비는 우리 국민의 열기와 적극성은 실로 놀랄만 한 것이었다. 그와 동시에 무분별한 추태와 상식밖의 비행은 지구촌에 한국의 이름에 그림자를 드리웠다. 물가는 오르는데 상상밖의 덤핑 관광요금은 오늘 우리 관광문화의 현주소를 고스란히 보여준다. 20년전 60여만원 하던 태국여행 비용이 지금 50여 만원이고 상해, 북경 3박4일에 10만원을 밑도는 상품도 버

것이 나왔다. 어딘가 한참 잘못된 비정상적 사회풍조, 시장구조, 소비 의식의 단면이 거기있다.

해외여행 자유화는 우리 삶의 구조 자체를 바꾸어 놓을 만큼 영향력이 컸다. 견문과 안목을 넓히고 문화의 다양성을 습득하는가 하면 국민주권 의식과 삶을 향유하려는 욕구를 높여주었다. 어린이로부터 노인에 이르기까지 자유로운 해외문물체험은 선진국으로 가는 관문이었는지도 모른다. 반면 부정적 요소 또한 그만큼 많았다. 외화지출과 향락풍조, 계층간 위화감 심화가 그러하고 외국의 저급, 쓰레기 문화를 무분별하게 수용하여 정신세계와 미풍양속을 흐트러 놓았다. 삶의 양식도 변화시켰다. 종래 수돗물을 끓여 먹거나 약수를 떠오던 생활 습관에서 생수가 지금처럼 널리 보급된 가장 큰 이유가 유럽, 미주여행 견문때문이 아닐까.

일단 물꼬가 터진 이상 해외여행은 계속 확대될 전망이다. 경제난으로 주춤하고 있는 사이 그간의 성과를 성찰하고 개선을 모색할 때이다. 결론적으로 해외여행은 필요하다. 젊은이들은 넓은 세계를 보며 꿈을 키우고 다양한 문화를 익혀 자신의 미래를 심도있게 살펴보자. 노년층은 열심히 일했던 보람과 자긍심을 확인하는가 하면 기업은 통상을 확대하고 문화, 학술교류로 선진국 진입을 앞당길 수 있기 때문이다. 그러나 이젠 목적이 분명해야 한다. 끊임없는 지탄의 대상이 되고 있는 과소비, 쇼핑. 골프, 보신, 엽색, 향락관광에 대한 비판과 부작용은 해외여행의 당위성 자체를 위협하는 수준에 육박하고 있기 때문이다.

나라안팎의 형편이 더없이 어려워진 이즈음 국내여행이 절실한 대안으로 떠오른다. 국토 곳곳에 예쁘고 기막힌 명승절경, 문화유적, 교육현장이 즐비하건만 우리는 20년간 해외여행 열기에 편승하여 이곳을 업신여기고 소홀하지 않았던가. 계룡산에도 오르지 않은 사람이 몽

블랑에 가봤다고 자랑하고 금산 적벽강은 몰라도 계림, 장가계를 들먹였다. 물론 국내관광 인프라가 미흡하여 접근성과 위락시설, 만족도가 떨어졌다. 그러나 생태관광측면에서 인위적 대규모 개발보다 있는 그대로의 순수자연에 약간의 편의성만 덧붙이는 것이 21세기 관광의 대안이라면 우리나라의 국토는 아직 수려하고 상대적으로 때묻지 않았다. 지역 곳곳이 관광의 보고일뿐더러 난개발의 몸살에서 비껴간만큼 국내관광 수요창출에 발벗고 나서기 바란다.

지자체 단체장부터 모든 구성원이 학계, 업계 인사들과 머리를 맞대고 최소한의 투자개발과 아이디어로 '녹색관광,,'농촌관광'이라는 세계적 관광추세를 수용하여 '일촌일품(一村一品), '농촌체험' 같은 특성화 관광상품개발에 앞장설 때이다. 지역 특산품의 부가가치를 높이고 일상에 지친 심신을 회복시키는 국내휴양관광에 충북만한 곳이 어디 있으랴.

전 국토의 문화명소화, 가능하다

문화의 시대라는 표현이 회자된 지 상당기간이 지났건만 피부에 와 닿는 문화지수는 아직 제자리걸음이다. 문화예산이 증액되고 이런 시설 저런 공간이 들어서고는 있지만 최종 수혜자인 국민들이 느끼는 문화발전은 영화관람 인구가 늘고 뮤지컬 같은 공연장르가 다소 활성화되고 있는 선에 머문다.

문화부장관과 주민　　그렇다고 공급자인 문화예술인들에게 특별한 혜택이 돌아가는 것도 아니다. 여전히 어려운 여건에서 무대를 지키고, 구입하는 사람이 없어도 책을 쓰고 그림을 그린다. 공급자, 수요자 모두에게 별 실익이 없는 문화예술정책으로는 점차 다양해지고 높아만 가는 욕구를 감당하기 어려울진대 대통령과 그를 보좌하는 문화관광부 장관, 참모진들의 의식은 더없이 중요하다. 다른 부처에 비하여 가장 많이 이름을 바꾸었을 뿐더러 전문성이 떨어지는 인사들에 대한 정치적 배려나 잠시 거처가는 자리로 충당되었던 문화부장관직의 중요성이 새삼스럽다.

문화에 자존심을 거는 프랑스가 문화경쟁력에서 미국의 거대한 힘에 그런 대로 의연히 버티고 나름대로의 변별력을 가지게 된 이유도 앙드레 말로, 자크 랑 두 사람의 걸출한 문화부장관의 헌신에 힘입은 바크다. 정권이 바뀌어도 문화부장관은 10년 넘게 계속 장관직을 수행하는 풍토가 부럽다.

특히 뛰어난 소설가이자 고고학자였던 앙드레 말로는 드 골 대통령을 보좌하여 제2차 세계대전 후 재건사업에서 문화개념을 부각, 대부분의 나라들이 경제일변도에 치우칠 때 문화기반 조성과 제도정착에 힘을 기울여 결국 문화의 높은 부가가치로 경제를 끌어올렸던 장본인이었다.

장관과 몇몇의 힘으로는 부족하다. 정부의 문화정책을 신뢰하고 자발적이고 창의적인 문화 마인드를 가꾸는 국민들의 역할은 더없이 소중하다. 현장에서 문화의 힘을 인식하고 실천에 옮기는 저력으로 문화국가는 탄생한다.

프랑스 작가 알렉상드르 뒤마가 쓴 '몽테크리스토 백작'의 무대인 마르세유 남쪽 이프 섬에는 한 손에 소설을 들고 백작이 도망치던 길을 찾는 관광객들로 붐빈다. 가공의 소설현장도 문화상품으로 각광받는데 실제 인물, 그것도 우리 문화사를 대문자로 장식한 인물들에 대한 합당한 예우차원에서도 주민들의 자발적인 문화명소 개발의지는 마땅히 권장되어야 한다.

기념비 하나에도 정성을   문인, 화가, 음악가 같은 예술인 조명사업은 대체로 생가복원과 미술관-공연장 건립, 기념비와 공원조성, 여러 사업전개와 문화상품 판매 등에 초점을 맞추는데 너무 성급한 수익창출 의지로 자칫 본말이 바뀌는 시행착오가 우려된다. 지역이 배출한 인물이 진정 자랑스럽다면 잘 만든 예술적인 기념비나 표석하나로도 충분하지 않을까. 일제치하와 해방 후 혼란기를 거치면서 문화예술인들의 유물과 자취가 대부분 멸실, 훼손된 우리 현실상 부자연스러운 날림복원과 빈약한 전시물과 자료로는 또 하나의 공허한 문화공간을 추가할 뿐이다.

그간 눈여겨보지 못했던 지역 문화예술인 조명작업을 위한 기초조사 작업을 제안한다. 더 이상 늦기 전에 현장을 보존하고 증인과 유품관리에도 힘써야 한다. 그리하여 전 국토가 저마다의 예술혼으로 우리 문화역사를 수놓았던 분들의 빛나는 자취와 상찬작업으로 거대하고 개성적인 문화유적지로 가꾸어질 날을 꿈꿔본다.

한국과 일본, 프랑스와 독일

알퐁스 도데의 단편소설 '마지막 수업'은 보불전쟁으로 독일 영토가 된 국경 인근마을 학교의 마지막 프랑스어 수업을 감동적으로 그리고 있다.

프랑스와 독일 접경지역은 두 나라 국기를 수시로 바꿔 달아야 할 만큼 파란만장한 역사의 부침(浮沈)에 시달려 왔다. 유럽연합 출범 이후 급속히 부상한 프랑스 도시 스트라스부르는 도시 이름 자체가 독일식이다. 독일에 인접한 프랑스 도시 명칭도 한결같이 독일풍이다.

웬만하면 과거사를 들먹이며 또는 도시이름을 걸어 내 땅이라 우길 만도 한데 그런 면에서 유럽국가들은 신사적이다. 적어도 잊을 만하면 역사왜곡과 망언과 독도영유권 주장을 일삼는 일본 같은 저열한 술수나 의도는 없다.

주목할 프랑스 – 독일 교과서 공동집필

유럽은 좁은 면적에 수십 개 나라가 이웃하여 부대끼다 보니 국경분쟁이나 영토권 갈등이 있을

법도 하련만 인종분규인 유고사태를 제외하고는 용케 사이가 좋다. 한 걸음 나아가 20여 개국이 '유럽연합'으로 뭉쳐 단일화폐 사용을 거쳐 유럽헌법을 마련하여 각국의 비준을 기다리는 중이다.

거기라고 국토확장 욕심이 없을까마는 큰 나라는 큰 나라대로, 협소한 국가 또한 그 나름으로 현실적인 삶의 질 향상에 주력할 뿐 당치도 않은 도발이나 트집은 찾을 길 없다. 독일과 프랑스는 숱한 전쟁을 치렀고 제2차 세계대전 중에는 나치독일의 침공으로 프랑스가 몇 년간 점령당한 경험도 있어서 결코 편한 이웃은 될 수 없다. 그러나 양국은 유럽연합을 이끄는 주역답게 불편했던 과거사를 넘어 역사교과서를 함께 집필하는 등 우의를 과시하고 있다.

양국 고등학생이 하나의 역사교과서로 공부한다는 사실은 미래지향적 선린관계를 상징한다. 가장 먼저 나올 책은 제2차 세계대전부터 현재까지로 유럽연합의 형성과정을 포함한다. 내년부터 사용되는 이 교과서의 민감한 부분은 제3권 5장으로 아직도 토론과 논쟁의 대상이 되고 있는 제2차 세계대전 이후의 프랑스인과 독일인을 다룬다. 각기 관점과 과거사 해석이 달라 그리 순탄한 합의를 낙관하기 어렵지만 유럽인 특유의 대화와 양보, 설득과 타협의 실사구시 자세로 서로의 입장을 배려하는 객관적이고 합리적인 역사기술을 기대할 만하다.

미래전망 못 짚는 일본

불과 몇 년이었지만 프랑스인들은 독일군의 점령 중 레지스탕스 운동으로 대독항전을 전개했고 특히 문인들은 각자의 문학관과 이념 차이를 넘어 조국해방의 기치 아래 한 목소리로 국민정신을 일깨웠던 일은 세계문학사상 희귀한 사례를 이룬다. 제2차 세계대전 후 해방된 프랑스는 무엇보다도 과거사 청산에 매진하여 조금이라도 나치 독일에 부역했던 인사들을 가차없이 처벌응징하고 일체의 공직등용을 차단했다.

그로부터 50여 년이 지난 1997년 나치전범이었던 팔순의 파퐁을 검거하여 법정에 세운 바 있다. 친독 괴뢰정권이었던 페탕 정부에 협력했던 인사들과 전쟁협조자, 독일부역자 등은 그리하여 대부분 처리되었고 조국을 배반한 자의 말로가 어떠하다는 것을 반세기가 넘도록 프랑스 국민들은 지켜보고 있다.

고통과 피해, 민족자존심 훼손으로 얼룩진 과거를 정리하고 공존공영의 길로 나아가려면 쌍방향적인 양국의 열린 자세가 필요한데 일본의 경우 여전히 치졸하고 편협하다. 그런 의미에서 프랑스-독일의 교과서 공동집필은 우리에게 일말의 부러움과 대화가 통하는 이웃나라를 둔 다행스러움을 실감케 한다.

광복 후 끊임없이 반복된 일본의 망언, 오만, 월권을 따끔하게 응징하지 못하고 유야무야 넘어온 결과 오늘의 갈등은 증폭되었다. 수년 전 일왕의 '통석(痛惜)의 넘(念)' 운운을 사과의 표현으로 간주했던 우리의 아전인수 대가치고는 너무 혹독하지 않은가.

문화예술 지원금, 이렇게 운용하자

문화예술분야의 자생력 취약은 어제 오늘의 일이 아니다. 세계문화사를 통해 찬란한 빛과 영원한 생명력을 누리는 뒤켠에는 문화예술인들의 땀과 열정, 그리고 그들을 도와주는 후원자들의 관심과 정성이 함께 해오고 있다. 그만큼 문화예술의 경제적 기반과 자생력은 튼실하지 못하다.

사회 다른 분야의 발전과 기반 구축에 비해 문화예술은 아직 걸음마 단계다. 그리하여 정부, 공공단체, 특히 뜻있는 개인이나 기업 등의 문예지원 이른바 메세나 제도는 소중한 전통을 이어오고 있다.

기업의 메세나는 아직 중앙에 치우쳐 지명도가 높거나 이미 수익성이 건실한 단체, 작품, 개인에게 치중되어 당초의 취지와는 다소 거리가 있다. 그리고 기업이나 기업주도 문화예술에 대한 관심이 그리 높지 않은 편이어서 관례에 따라 또는 기부로 인한 세금혜택 등에 초점이 맞춰지는 듯하다. 서양의 메세나는 기부자 스스로 대부분 문화예술 애호가들이어서 교감의 폭은 넓어진다.

지역 문화예술계의 경우 민간 차원의 메세나 혜택은 거의 기대할 수 없고 주로 중앙정부나 지자체에서 지원하는 예산의 도움을 받는다. 매년 일정예산을 책정, 공모를 통해 접수한 뒤 여러 심사단계를 거쳐 대체로 신청자수와 신청액의 절반 이하로 삭감하여 지원하고 있다.

이 과정 대부분이 서류심사로 진행되므로 실제 역량과 준비상황의 구체적 검증이 미흡하고 심사위원 역시 이런저런 연고로 지원자로부터 자유롭지 못할 수 있다. 더구나 선정기준에서 과거 실적이 참작되므로 의욕적이고 역량있는 신생단체의 경우 수혜의 폭은 더욱 줄어든다.

아울러 예산배정 이후 실제 집행과정 역시 서면보고에 치중하여 현장실사, 외부용역 평가, 합평회 같은 객관적 검증방법 도입이 필요하다. 빠듯한 예산으로 성실하고 수준 높은 문화예술단체 지원을 위해서는 종래 행정 위주의 선정체제를 지양해야 할 뿐더러 관례에 준하는 일정액 균등배분 같은 방식은 개선이 필요하다. 엄격하고 객관적인 심사로 유능한 단체에 파격적인 지원을 하고 사후평가와 수준측정을 강화함으로써 매년 지원금만 바라보며 형식적인 사업을 전개하는 해바라기성 단체들의 자생력 제고는 강화될 것이다.

문화 콘텐츠에 역사의식 필요하다

문화 콘텐츠 산업이 주목받는 이유는 그 경제적 가능성과 부가가치 뿐 아니라 문화적 영향력 때문이다. 우리나라는 문화 콘텐츠 산업의 비중과 규모가 날로 커지고 있지만 여전히 많은 부분이 낙후되어 있는 것이 사실이다. 콘텐츠 분야에 제공되는 아이디어와 원작 아이템은 결국 역사자료를 포함한 기존의 데이터, 그리고 무엇보다도 상상력과 창의적인 두뇌활동에서 나오게 된다.

최근 들어 특히 역사 소재를 가공한 콘텐츠 상품이 주목을 받고 있는 것도 과거 경직되고 교훈적이며 일방적인 수용만을 요구했던 매체속성에 대한 반발에서 비롯된다. 소설, 영화, 드라마, 애니메이션, 연극, 뮤지컬, 비디오, 게임 같은 중추 콘텐츠 산업에서 역사는 단연 흥미있는 소재의 주된 공급처다. 그러므로 종전의 역사 해석과 의미부여를 쇄신하여 더 넓어지고 깊어진 관점으로의 이동 또한 역사 콘텐츠에 대한 관심 증폭의 요인이 된다.

더구나 그간 교육현장을 비롯하여 사회 여러 방면에서 군림해 왔던 지배자, 승리자 중심의 역사논리가 민중 위주로 바뀌고 인물 해석 역시 고착성을 벗어나 보다 유연하고 심층적인 측면으로 옮아가는 등 이즈음 역사 소재 개발은 개화기에 접어들었다.

문제는 콘텐츠 개발 담당계층의 의식과 역사관, 문화감각이다. 대중의 관심을 끌기 위해 무엇인가 색다른 설정, 의표를 찌르는 해석, 이러저러한 상황 변화가 수반된다. 이 경우 주목을 끌기 위해 자칫 경박하고 말초신경을 자극하는 흥미 위주로 흘러 역사관을 왜곡할 우려가 크다. 어느 정도의 변형과 재해석은 작가에게 부여된 권리일 수 있으나 깊은 고민과 객관적인 검증 없이 근간 자체를 바꾸거나 오로지 자의적인 해석에 치우칠 경우 그 부작용과 폐해는 엄청날 수밖에 없다.

특히 역사적 인물에 대한 평가는 무엇보다도 학계의 전문가 집단에 의한 광범위한 연구와 토론을 거쳐 공감대 확보가 선행되어야 함에도 작가나 콘텐츠 개발담당자의 주관으로 해석될 경우 그 파급효과와 영향력을 감안한다면 오히려 문화의 퇴보와 공동화를 초래한다.

콘텐츠 개발은 하드웨어인 매체제작 기술과 함께 소재 발굴, 가공을 담당하는 작가의 문화감각과 역사의식, 인간과 사회에 대한 애정과 관심이 필수적이다. 대학에서 어학, 인문, 예술계열 학과에 이 분야 교육과정을 개설하여 다양한 학과목을 이수하고 건전한 상상력, 균형있는 역사관을 구비한 인재를 키우는 길은 유용한 대안이 된다. 문화 콘텐츠에 대한 맹목적인 신뢰와 경도를 삼가고 자칫 화려하고 현혹적인 외양의 멀티미디어에 의해 훼손되지 않도록 경각심을 높여야겠다.

관공서 환경의식 높이자

환경보전에 솔선해야 할 관공서 및 기관, 단체들이 쓰레기 분리배출 실천을 등한시하고 있다는 사실은 공직사회 및 사회지도층 의식의 한 단면을 드러내는 것이어서 우려된다. 소비자 문제를 연구하는 시민의 모임 대전시 지부가 조사, 발표한 자료에 의하면 관공서를 포함한 28곳의 쓰레기 배출실태 조사 결과 재활용 분리가 지켜지는 곳은 14퍼센트에 불과하다는 것이다. 물론 조사시기와 경로, 표본추출 방법에 따라 다른 결과가 나올 수 있음을 감안하더라도 대민홍보, 계도에는 열을 올리면서도 스스로의 실천에는 소홀한 이율배반의 단면을 그대로 보여준 셈이다.

재분리 수거가 가능하도록 배출하는 경우는 그나마 다행이고 일부 부서에서는 음식물 쓰레기와 혼합배출 하는 등 최악의 상태를 연출했고 필요 이상으로 규격이 큰 종량제 봉투를 사용하는 낭비도 대부분의 공통사항이었다.

관급물자 사용의 비효율성과 낭비습관이 거론된 것이 어제 오늘이 아니건만 지금까지도 별다른 개선이나 의식변화 없이 관행화되고 있다. 내용물에 관계 없이 대부분 고급 대형 사각봉투를 그것도 일회용으로 쓰고 버리는 것을 비롯하여 크고 작은 관급 조달물자를 아무런 의식 없이 소비하면서 쓰레기 배출마저 등한시하는 이 악습은 언제까지 계속될 것인가.

봉투 앞면에 수신, 발신자 및 제목 적는 칸을 인쇄하여 여러 번 활용이 가능하도록 배려한 봉투가 슬그머니 사라졌고 정부 로고가 찍힌 각종 사무용품이 개인용으로 버젓이 사용되는 등 공용물품 소비의 난맥상은 반드시 짚고 넘어가야 할 대목이다. 그것은 공직사회 근무기강과 부패척결의 소박한 출발점이 되기 때문이다.

음식물 쓰레기 분리수거 제도가 전면 시행된 후 생활쓰레기 발생량이 급감하는 등 시민들의 준법의식 함양은 고무적인 반면 솔선수범해야 할 관공서의 고식적 태도와 안일한 의식은 좀처럼 개선의 기미를 보이지 않는다. 도시에 따라 시행계획인 '동별 재활용 경진대회' 같은 쓰레기 분리배출 장려시책이나 쓰레기 매입장, 소각장 반입 쓰레기 감시, 규제활동 대책도 바람직하지만 보다 중요한 것은 정책을 입안, 시행하는 공직자들이 먼저 발벗고 나서 행동으로 모범을 보이는 자세일 것이다. 나날이 성숙해지는 시민의식을 따라오기 힘드는 공직사회, 관공서 풍토와 분위기에 일대 쇄신이 필요한 시점이다.

다양한 외국어 인재양성 왜 필요한가

보름 넘게 온 국민의 관심을 모아온 올림픽 경기도 끝나고 다시 일상으로 돌아왔다. 다음 올림픽까지 꼬박 4년, 그 길고 지루한 세월을 어찌 보내나 하는 사람도 있고 올림픽 열기와 흥분에서 아직 깨어나지 못한 경우도 있을 것이다. 2012년 런던 올림픽은 문화적 차이나 지리적 거리감 등으로 이번 베이징 올림픽처럼 많은 응원단이 몰려가 체계적인 응원을 펼치기 힘들 것이고 마침 그 때 겹치게 될 다음 대통령 선거 열풍도 변수로 작용할 것이다.

꽉꽉하고 짜증나는 요즈음 삶에 청량감으로 보름 남짓 열광할 대상이 되어준 올림픽은 고마웠다. 축구, 야구 등 일부 종목에 치우쳤던 스포츠 관심영역을 넓혀 평소 접할 기회가 드물었던 양궁, 사격, 유도, 역도, 핸드볼, 탁구, 태권도, 펜싱 같은 종목이 비록 우리 선수의 메달이 걸려 있었기 때문이겠지만 상당히 재미있다는 사실을 올림픽때마다 실감한다.

그리고 올림픽에 참가한 크고 작은 나라들의 다양성도 흥미로웠다.

우리에게 익숙한 나라말고도 그토록 많은 국가가 비록 규모의 차이는 있지만 올림픽에 선수임원을 파견했다는 사실은 지구촌 현실에 대한 우리의 협소한 안목과 무지를 일깨워 준다. 인구 몇십 만 몇 만의 나라, 생소한 이름의 남태평양 어느 작은 섬나라 선수들의 당당하고 즐거운 입장모습과 투혼은 인상적이었다.

1940~50년대 올림픽에 출전한 우리 선수단을 바라보았던 세계인들의 눈길을 바로 지금 우리가 경험하고 있다. 지구는 넓고 인종과 언어가 다양하고 문화는 그보다 더 넓은 편차와 특수성을 가지고 있는데 우리는 눈에 보이는 당장의 이해관계로 얽힌 극소수 몇나라에 지나치게 치중, 의존하고 있지는 않는지. 미국, 중국, 일본 그리고 러시아 같은 이른바 4강 편중외교의 냉혹한 현실과 한계를 요사이 우리는 절감하고 있다.

중국이 최근 아프리카 지역에 쏟는 관심과 어마어마한 지원은 시사하는 바가 크다. 영어가 세계어로 군림하면서 아프리카, 남미 사람들과도 영어를 쓰면서 통상이나 문화교류를 할 수 있겠지만 그 나라 사정에 정통한 전문가가 그 나라 언어로 심도있게 소통하는 것에 비할까. 해당 외국어가 희귀어일수록 그만큼 그 나라에 대한 애정과 열성을 보여주는 척도인 동시에 호감을 이끌어내며 내밀한 유대를 굳게 해주는 첩경이 되기 때문이다.

우리나라 대학에서 가르치는 외국어도 2,30개에 달하고 있지만 졸업하고 나면 영어열풍에 휩싸여 어렵게 공부한 외국어를 사회에서 활용할 기회가 그다지 많지 않은 현실은 진정한 세계화, 우리의 세계진출에 걸림돌이 된다. KOICA같은 조직에서 주로 개발도상국으로 우리 젊은이들을 몇 년간 파견하여 언어와 문물을 배우게 하고 현지진출의 교두보로 활용하려 하지만 짧은 기간과 지원체계, 후속조치 미흡 등으로

의도한 효과를 거두기에는 역부족이다.

뚜렷한 민족의식과 국가관을 갖추고 해당 외국어에 능통하면서 그 나라 문화와 국민정서에 밝은 인재를 조기 육성하여 전 세계 곳곳으로 보내 국익을 위하여 일하게 하는 것이 우리의 부존자원부족과 지리적 불리함을 극복하는 첩경일진대 외국어전문인재 양성시스템은 아직 기본 골격조차 제대로 갖춰지지 못한 현실이다. 외국어고등학교가 상위권 대학을 가기위한 입시준비기관으로 오래전 변질되었고 대학에서도 영어를 제외한 다른 외국어 학과는 어려움에 처해있다. 아프리카에서는 프랑스어나 토속어를, 중남미에서는 스페인어를, 인도에서는 인도어를 유창하게 구사하며 현지인들의 미세한 정서를 파고들어 교감을 나누는 우리 젊은이들의 활약을 고대한다.

서울시 교육청이 서둘러 추진하는 국제중학이란 것도 결국 변형된 영어몰입교육기관이 되어 어린 학생들을 소모적인 무한경쟁으로 내몰지도 모른다는 우려속에서 새삼 다양한 외국어 인재양성의 시급함을 절감한다.

학교는 '다중 이용시설' 이다

이른바 '새집증후군'에 대한 우려의 목소리와 함께 여러 대안이 도출되어 지금껏 간과해 왔던 심각한 위해현상에 경각심이 높아진 것은 다행한 일이다. 경제일변도 사회구조 아래 양적 성장에 치우치는 동안 우리는 생활주변 위험요소에 무관심할 수밖에 없었다. 뒤늦게나마 시민단체와 전문가를 중심으로 원인규명과 대책 마련에 적극성을 보이고 있음은 다행한 일이다.

그러나 실내 공기질 관리법 규제대상에서 학교시설이 제외된 것은 이러한 추세에 크게 역행하는 조치로 개선이 시급하다. 국·공립 유아시설이나 노인시설에 국한시키고 규제규모도 2천 평방미터로 한정한 것은 매우 위험한 발상이다. 특히 초중고교의 경우 하루 일과 대부분을 학교에서 보내고 있음에도 불구하고 제외된 것은 규정차원을 넘어 상식적으로도 납득하기 어렵다. 이러저러한 사유가 있을 수 있지만 학교야말로 가장 대표적인 다중 이용공간이 아닌가. 한창 자라나는 청소년들이 미세먼지며 포름알데히드, 벤젠, 톨루엔 같은 발암물질에 무방비로 노출되도록 수수방관하겠다는 당국의 무신경이 놀랍다.

결론은 간단하다. 신축되는 모든 학교시설에 친환경제품을 사용하고 통합관리시스템을 운용하여 개교 전에 실내공기 질을 측정, 문제점을 사전에 파악하여 조치하는 등 행정기관 본연의 임무에 충실하면 된다. 친환경소재 사용에는 예산이 늘어나고 번거로운 검수절차 등이 수반되지만 항상 문제발생 후 허겁지겁하는 우리나라 행정체제도 이제는 어느 정도 선진화가 필요하지 않을까.

그간 우리는 안전불감증이 체질화되면서 엄청나게 많은 원시적 사건사고를 경험했다. 여기에 공교육 경시 풍조가 맞물리면서 신축학교 환기대책 하나 제대로 마련하지 못하는 현실이 딱하다. 아파트나 단독주택 및 기타 시설에 적용되는 관련규정에 학교와 사립 보육, 노인시설 등도 포함시킴으로써 삶의 질과 최소한의 인간다운 생활을 보장받도록 적극적인 개입과 감시가 필요하다. 국가가 소홀히 하는 국민의 보건을 국민 스스로 챙겨야 하는 후진성을 면할 날은 아직 멀었는가.

학기제도와 방학기간 개선, 왜 어려운가

과거 1960년대 초 까지만해도 4월1일에 새 학기가 시작되었다. 완연한 봄기운 속에서 특히 초등학교에 입학하는 어린이들의 발걸음은 가벼웠다. 날씨가 화창하니 학교 등굣길이 즐거울 수 있었다. 그러다가 뚜렷한 이유 없이 3월로 바뀌었다. 4월에 새 학기가 시작되는 일본과 차별성을 두고 싶어서였을까. 아직 겨울기운이 채 가시지 않은 3월 개학은 계절적 어려움 이외에도 이어지는 학사일정에 연속적인 지장을 초래했다. 지금은 수학능력시험으로 바뀌었지만 과거 대학입학 예비고사, 학력교사 등 중요한 시험의 시기는 대체로 11월 중순, 초겨울 추위가 몰려오기 시작할 무렵이어서 그렇지 않아도 초조한 가슴을 더욱 얼어붙게 하였다. 시간활용의 효용성 여부를 떠나 참으로 쓸모없이 짜여진 학기제가 40년 이상 별 반성 없이 운용되고 있는 셈이다.

결론적으로 말하면 새 학기는 9월에 시작하는 것이 바람직하다. 이미 여러 번 가을 새 학기에 대한 주장이 제기되었지만 입시제도나 다른 화급한 의제에 묻혀 논의자체가 활발하지 못했던 것이 사실이다. 9월에 학기를 시작하되 겨울방학을 지금처럼 길게 하지 말고 성탄, 신년방학 등 으로 적절한 기간으로 분산하면서 총 수업일수에 맞추어 학교장 재량으로 연중 휴가를 부여하는 방안이 바람직하다. 저소득 계층이나 맞벌이 부모의 학생들에게 어려움이 있지 않겠느냐는 반론이 나올 수 있지만 이즈음 활성화되는 여러 학교 밖 교육프로그램과 자원봉사, 각종 기관단체의 도움으로 오히려 생생하고 흥미로운 현장교육이 가능할 것이다.

9월 새 학기제도의 장점은 우선 현행 수능시험을 5월, 따뜻한 계절에 치를 수 있다는 점이다. 그리고 6월에 결과를 발표하고 대학별 전형을 7,8월 중에 여유 있게 마치게 된다. 과거 여름, 겨울동안 기나긴 방학은 열악한 학교시설에 기인한 바 크다. 여름겨울의 더위와 추위가 이제는 예전처럼 극심하지도 않을뿐더러 학교의 냉, 난방시설과 대부분 가정 역시 쾌적한 주거환경이 갖추어진 마당에 여름, 겨울에 지루할 정도의 기나긴 방학은 어떤 교육효과를 기대할 수 있을까. 대학도 연중 5개월간 학교시설과 인력을 놀리느니 3학기제도 등을 도입하여 3년 만에 졸업이 가능하도록 배려할 때이다.

이 경우 학사일정과 방학운영은 이미 오래전부터 합리적 방안을 구축, 시행하고 있는 유럽 특히 프랑스의 학기제를 참고할 필요가 있다. '그랑드 바캉스'라고 부르는 2-3개월의 기나긴 여름방학이 끝나고 가을을 맞아하면 새 학년, 새 학기가 시작된다. 개학일자도 일률적이 아니라 지역, 도시, 학교, 대학에서는 교수별로 재량권이 크다. 여름방학을 제외하고는 연중 짧은 방학이 실시되면서 학교교육이 수행하지 못하는 여러 학습과 교육이 활기를 띤다. 파리의 경우 박물관- 미술관과 명소, 유적지, 서점, 도서관 등이 붐비고 청소년을 대상으로 하는 여러 이벤트와 상술도 아이디어를 짜낸다. 특히 주말에는 부모를 동반한 가족 나들이와 더불어 아예 학교 방학에 직장휴가를 맞추어 자녀와 함께 하는 경우가 늘고 있다고 한다.

이미 9월에 접어들면서 겨울휴가와 스키여행 광고가 본격화되는 프랑스의 핵심휴가는 아직 여름철에 몰리지만 부활절, 만성절, 성탄, 스키 그리고 이러저러한 며칠간의 짧은 방학이 연중 골고루 분산된 자녀들의 학사일정에 맞춘 직장인 휴가의 다양화는 주5일 근무제가 정착되기 시작한 우리에게 시사하는 바가 크다.

그러므로 3월 새 학년 시작이 기후나 행정 그리고 사회적 연관성에서 여러 문제점이 노출된 이상 9월로 옮기는 방안을 적극 검토해볼 때가 아닌가 싶다. 이와 함께 아직 여름 한철에 집중된 직장휴가의 연중 분산에 박차를 가하여 네 계절 골고루 안배된 방학기간 중 가족여행, 견학, 친지방문, 성묘 등을 체험할 수 있다.

학기제 변경의 당위성은 인정하면서도 예상되는 부작용을 어디에서부터 손댈지 몰라, 소모적인 정쟁과 인기영합적인 법안에 밀려 미적미적 끌어온 교육개혁의 첫 걸음을 우선 학기제도, 방학기간의 합리적 조정으로 시작해 볼 수 있지 않겠는가.

목재교실에서 공부하게 하자

온갖 석유화학 물질이 생활 곳곳에 쓰이는 가운데에서도 목재의 품위와 효용은 단연 빛난다. 최근 미국에서도 실내에 목재를 까는 리모델링이 붐을 이루고 있다. 거실이나 침실 바닥이 카펫으로 되어있고 더러는 신발을 신고 생활하는 그들의 주거환경에서 나무마루의 장점을 발견한 것이다. 습도와 온도가 적당한 카펫에서 번식하는 세균의 폐해는 참으로 끔찍하다. 우리 한옥의 과학성과 선구성이 새삼 돋보이는 대목이다.

이렇듯 목재의 수월성에는 모두 공감하지만 그것을 학교 교실에 사용하자는데 관심이 모아진 것은 비교적 최근의 일이다. 과거 1950-60년대 초, 중고교 교실은 대부분 목재로 만들어졌다. 학생시절 양초를 바르고 마른 걸레로 반들반들하게 닦는 청소작업을 했던 중, 장년층은 목재건물에 대한 향수와 함께 그동안 석유화학 제품에 눌리면서 이러저러한 이유로 제대로 인지하지 못했던 그시절 목재의 탁월한 효능을 새삼 확인할 수 있을 것이다.

결론부터 말하자면 지방자치단체와 교육부, 산림청 등이 긴밀하게 공조하여 나무 교실 만들기에 적극 나서야 할 때이다. 목재는 요즈음 선호되는 황토재질에 비해서도 원적외선 방사율이 크게 뛰어나며 혈액순환, 신진대사를 촉진하여 질병예방, 치료효과가 매우 크다. 잠자는 시간을 제외하고 늦은 밤까지 활동시간의 절대부분을 보내는 학교 교실환경 여건 개선은 시급한 과제이다. 여전히 풀기힘든 실타래와 같이 얽혀있는 입시제도의 난맥상, 경제위기에도 불구하고 꺾일줄 모르는 사교육비 부담 등 어느 곳 하나 손대기 힘든 우리나라 교육문제를 풀어갈 첫 단추라면 과장된 표현일까.

목재는 우선 심리적 안정감을 주어 학습효과를 증진시킨다. 목재가 발산하는 향기는 삼림욕 효과로 심신의 피로를 풀어주며 뛰어난 감각 반응으로 입시중압감에 시달리는 학교환경에서 정서안정과 피로회복 등에 효능이 탁월하다는 것이다. 콘크리트 교사 바닥에서 분출되는 방사성물질에 무방비로 노출되었던 일본 여학생들이 하반신 불수라는 치명적인 재앙을 당한 것이 이미 반 세기전의 일이었는데 우리는 그동안 과밀학급 해소라는 지상명제 아래 빠른 시일에 많은 교실 증축에만 골몰해왔던 것이 사실이다. 1960년대 한 학급 80여명 정원에 교실난으로 2-3부제 수업을 했던 시절에 비하면 30명 남짓한 요즈음의 교실환경은 참으로 행복하다. 조개탄 난로 하나에 의지하며 추위를 이겼던 환경을 생각하면 더욱 그러하다. 그러나 지금의 교실은 대부분 철근 콘크리트 골조에 석유화학제품으로 마감재를 사용하여 자연친화적인 환경과는 거리가 멀다.

목조교실에서는 주변 소음이 경감되고 교사의 목소리가 명확하게 전달되어 높은 학습효과를 기대할 수 있다. 근래에 들어 기술혁신으로 콘크리트 교실에서도 다양한 마감재, 내장재를 이용한 환경조성이 가능하지만 근본적인 해결책이 못될뿐더러 목조교사가 주는 평화롭고 차분한 분위기에 어찌 비교할까. 목조교실 건축에는 예산이 많이들고 화재에 취약하다는 궁색한 논리는 장점에 비하여 그다지 설득력이 없지 않은가.

목재교실의 유익함과 필요성을 널리 인식시켜야함은 물론이거니와 우선 각 지방자치단체별로 시범학교를 선정, 목조교사로 신-개축할 경우 지자체의 지원금 등도 고려할만하다. 그리고 철근 콘크리트로 지은 교실과 비교한 효과연구를 구체적으로 가시화 해야한다. 여기에는 무엇보다도 국가와 지자체의 행정, 재정지원과 지역사회, 학부모들의 관심이 절실하다. 교실환경을 현대화하고 멀티미디어와 전자칠판 설치 같은 정보화 시설을 확충 하는 일도 중요하다.

그러나 그에 앞서 점차 황폐일로를 치닫는 학생들의 정서와 인성을 순화하고 무너져가는 교실을 일으켜 세우기 위하여 무엇보다도 교실 목조화에 투자할 때가 지금이다. 특히 교실 신, 개축 예산을 집행하는 교육청의 발상의 전환을 기대하면서 목재 주무 행정부서인 산림청의 적극적인 기여와 헌신적인 봉사가 절실하다. 나무와 숲, 삼림자원과 환경의 소중함과 고마움을 일깨우고 교육시키는데 목재교실만큼 확실하고 체험적인 방안이 어디 있겠는가.

관광 부조리, 청소년에게까지

고교생들의 중국 수학여행 중 퇴폐업소에서의 성매수 의혹을 제기한 지난주 공중파 보도는 적잖은 반향을 불러일으켰다. 프로그램 제목은 비교적 함축적이고 점잖은 표현이었지만 내용은 충격적이었다.

강해진 자극, 확대된 반응　　법적으로 미성년이지만 육체적으로 이미 성인에 접어들었고 여러 매체의 자극과 범람하는 음란퇴폐 정보로 인해 10대들의 감각과 본능은 무방비상태로 위험에 노출되어 있다. 특히 수 년 전 성매매 관련 법규가 강화된 이후 특정지역을 벗어나 이른바 풍선효과로 주택가 곳곳까지 파고든 신종 업소, 업종은 10대들에게 호기심의 대상이 되기에 충분하다.

　과거 도색잡지, 음란서적을 숨죽여가며 돌려보거나 질나쁜 영상물을 통해 매우 부정확하고 왜곡된 성지식속에 욕망을 해소하던 차원에서 인터넷 매체의 발달로 공공연하게 더 자극적이고 구체적으로 성문화에 접속되면서 자극수위가 강해지는 만큼 반응 역시 적극적이고 대

담해졌다.

보도내용이 사실이라면 해외문화 견문확충 명분 아래 근래 대폭 늘어난 무분별한 외국수학여행과 철저하지 못한 인솔교사들의 학생지도를 문제삼을 수밖에 없다. 국내지역 수학여행 비용에 몇만 원만 추가하면 4박 5일 해외여행이 가능한 실정인 만큼 외국수학여행은 더욱 증가할 전망이다.

선박에서 보내는 이틀 밤을 제외하고 1급 호텔 2박, 식사, 버스, 입장료, 안내자를 포함한 가격이 30여 만 원이라는 우리 관광시장의 기형적인 여행가격체계 역시 문제를 부추긴다. 일반인 대상의 쇼핑 강요, 퇴폐관광 알선, 바가지 옵션부과 같은 오랜 병폐가 이제는 고교생 수학여행단으로 옮겨와 관광부조리가 확대 재생산될 전망이다. 요컨대 지금까지 성인사회 틀에 머물러 있던 여러 부조리가 고스란히 10대를 향해 몰려오는 예견된 현상이다.

진부하지만 절실한 대안　　그렇다고 고교생 해외 수학여행 자체를 금지하고 엄중한 통제, 감시를 펼친다고 문제가 해결되는 것도 아니다. 이미 활짝 열린 외국문화 체험 채널을 인위적으로 막기도 어려울 뿐더러 끓어오르는 10대들의 성충동과 호기심을 건전하게 유도할 뾰족한 방도와 사회적 안전망 역시 마련되어 있지 않다. 해당 교육청에서는 조사를 통해 관련자를 처벌하겠다는 지극히 관례적인 반응만을 보이고 있으며 한때 세간의 관심을 끌었다가 특히 올 대선정국의 다른 이슈에 묻혀 유야무야될 공산이 크다.

방송사의 기민한 취재로 전파를 타면서 알려졌을 따름이지 지금까지 이런 사례가 없었고 앞으로 없으리는 보장도 없다. 어쩌면 더 충격적이고 가슴 서늘한 일들이 지금 이 순간 청소년 사회에서 벌어지고 있는지도 모른다.

강력한 법규나 처벌로는 한계가 있다. 용광로같이 뜨겁고 난마와 같이 복잡한 10대들의 감성세계를 순치시키기에 기성사회는 이미 설득력과 모범된 모습을 잃었기 때문이다. 사회의 흐름과 변화를 예민하게 드러내는 것이 청소년 행태와 집단징후라면 지금 우리 사회는 위기상황에 놓여 있다.

해결책은 무엇일까. 가정이 손을 놓고 학교가 포기하고 사회가 외면하는 성교육을 포함한 인성교육 강화는 이제 해묵은 화두가 되었을까. 그럼에도 불구하고 끊임없는 관심과 사랑, 대화라는 진부하지만 절실한 대안이외에 가능한 묘책을 찾기 힘들다. 온갖 얼룩과 잡티가 생생하게 드러나는 성인세계를 향해 청소년들은 이렇게 외치고 있지는 않을지.

"너나 잘하세요."

와인의 속박 와인의 자유

우리사회 구성원의 취향과 기호는 매우 빠르게 변화한다. 선진국이 몇 백년 걸쳐 이룩한 성장과 근대화를 불과 몇 십년에 성취하는 과정에서 불거진 성향인지, 민족의 원형질 때문인지 그 속도감은 놀랄만하다. 가령 대중음식의 선호도를 보더라도 칼국수,자장면,설렁탕 같은 고전적 메뉴를 제외하고는 그 순환주기가 더없이 신속하다. 탕수육, 진흙구이 통닭, 오리, 족발, 묵은지, 찜닭 같은 품목이 반짝 성수기를 거쳐 교대되면서 국민의 입맛을 때마다 바꾸어 놓았다. 취미생활도 그러하다. 과거 꽃꽂이가 여성의 필수적인 교양이자 여가활동으로 자리잡더니 요즘에는 주부와 직장인들의 디지털 카메라 붐이 한창이다. 무엇보다도 부지런하고 열정이 있으면서 경쟁심에 민감한 민족성도 한몫 거든다지만 그 변화의 속도와 거기에 수반되는 여러 사회적 비용이 긍정적 효용을 뛰어넘는다면 조정과 성찰이 필요하지 않을까.

조금 식은듯하지만 와인열풍 역시 사회 트렌드를 형성할만큼 영향력을 파급시킨다. 건강을 염려하고 과거 양적인 음주행태에 대한 반작용이라고 해석하기에는 너무 전문적이고 깊게 몰두하는 것이 아닌가 싶다. 대학, 사회교육원, 문화센터 그리고 크고작은 와인업체나 업소에서 각종 와인강좌가 성황을 이룬다. 대체로 부정적이고 여러 사회문제를 야기했던 과거 음주패턴에 대한 반성과 건전한 음주문화를 위한 계기로서는 바람직하다. 다른 주류에 비하여 와인이 가진 장점과 매력을 온전히 극대화한다면 이제 우리도 음주선진국에 진입할 호기를 맞이한 셈이다. 그런데 와인 스쿨, 와인 아카데미에서 이루어지는 교육이 대부분 너무 전문적이고 국지적이면서 술마시는 자유로움을 제약한다는데 문제가 있다. 업소의 와인전문직인 '소믈리에'를 양성하는 과정도 아니련만 지나친 형식과 이론, 외형적 절차와 이러저러한 금기사항에 주력하여 와인의 참된 즐거움과 매력을 재대로 느끼기 어렵다는 것이다. 가령 와인을 받을 때는 이러해야 하고 어떤 방식으로 돌리고 향취를 음미하며 목구멍을 넘기고 등등의 준수사항과 격식으로 빽빽하다. 그중에는 쉽고 간결하게 우리 문화에 맞추어 가르치는 경우도 있지만 무슨 국가원수 공식만찬에서나 있을법한 까다롭고 형식적인 와인매너 교육이 왜 필요할까. 삶의 긴장을 풀고 편하게 즐기기 위하여 마시는 와인이 오히려 스트레스와 심리적 위축 그리고 긴장을 줄 수 있다. 우리 정서상 대체로 술잔은 팔과 손을 사용하여공손하게 받는 반면와인에서는 손을 대지않거나 가볍게 손가락 두어개를 와인잔 가장자리에 붙이는 것이 매너라지만 유연한 한국화가 필요하다. 교조적인 서양매너를 강요하고 거기에 어긋나면 예의없는 사람으로 간주하면 억울하다. 와인에는 나름대로의 매너가 있고 그것이 지켜질 때 편하고 자유로운 분위기가 형성되겠지만 매너의 본질이 역지사지(易地思之)와 임기응변 그리고 상대에 대한 배려에 있다면 지금 우리 사회에 도입되는 엄격하고 획일적인 와인매너는 보다 유연해지고 자유로워 질 필요가 있다. 와인보급이 급속도로 진행되고 있다지만 아직 와인을 즐기는 계층은 소수이다. 비용도 만만치 않거니와 거기에 수반되는 격식과 선입견이 자유로운 접근을 막는 까닭이기도 하다. 그렇지 않아도 계층간의 이질감과 양극화 현상이 우려되는 이즈음 생소하고 까다로운 와인 매너에 집착할 경우 '그들만의 동아리'를 만들 우려와 사회 경직성이 더해질 위험이 상존하기 때문이다.

와인에 대한 거품과 오도된 신화를 깨면서 우리 문화와 의식에 걸맞게 즐길줄 아는 여유와 열린 자세가 필요하다. 고가의 위스키를 폭탄주로 만들어 맛과 향취를 음미하지 못한채 마셔온 전력에 비추어 와인도 초기에 올바른 음주문화를 세우지 못할 경우 또 어떤 기묘한 '한국형음주방식'이 개발될지 누가 알겠는가.

도시 브랜드 될만한 명품 공연 만들자

컨벤션 센터가 잇따라 각 도시에 건립되었지만 아직 본격적인 활용 단계에는 접어들지 못하고 있다. 일단 컨벤션 센터가 건립되는 지역의 지리상 잇점과 도시 인지도 그리고 컨벤션에 적합한 도시 이미지를 감안한다면 미래전망은 긍정적이다. 다만 공항으로부터의 접근성, 숙박과 식사, 쇼핑, 관광환경 등은 여전히 충분하지 않은 것이 공통점이다.

미국 라스베이거스의 경우 종전 도박과 환락의 이미지에서 종합휴양, 쇼핑, 가족단위 관광 그리고 무엇보다도 국제회의와 전시여건이 완벽한 도시라는 이미지를 심기에 바쁘고 또한 실제 그러하다. 세계에서 손꼽는 라스베이거스 컨벤션센터를 비롯하여 중심가 스트립에 즐비한 특급호텔 부설 컨벤션 홀은 연중 다양한 국제회의와 전시를 유치하고 관련인사들의 방문으로 관광과 쇼핑, 도시경제가 맞물려 돌아가는 바람직한 선순환 구조를 보여준다.

국제회의나 세계수준의 전시행사를 매끄럽게 진행하려면 컨벤션 센터같은 하드웨어 못지않게 참가자들의 뇌리에 깊게 각인될 도시 이미지 구축이 필요하다. 그것은 공허한 수사로 점철된 미사여구도 아니고 호텔의 객실, 식음료같은 천편일률적인 서비스 품질향상 만으로도 어렵다. 도시의 독특한 분위기며 색채를 만들어주는 문화환경 성숙이 수반되어야 한다. 구체적인 실천방안의 하나로, 도시를 대표할만한 공연상품을 개발하여 그 도시를 찾는 컨벤션 참가자나 일반 관광객 그리고 시민 모두 관심있게 볼만한 프로그램을 연중 상설화하는 것이다.

세계 유명도시에는 각기 도시를 상징하는 공연상품이 개발되어 나이트 라이프의 랜드마크로 자리잡고 있다. 뉴욕 브로드웨이의 크고 작은 다양한 공연, 라스베이거스 호텔들이 연중 무대에 올리는 수십 종의 공연물, 파리의 리도 쇼나 물랭루쥬 쇼 또는 50여년간 같은 극장에서 같은 작품을 선보이는 소르본 근처 위세트 극장의 '대머리 여가수' 공연, 모스크바의 볼쇼이 발레공연, 북경의 경극(京劇), 상해의 서커스, 하노이의 수상인형극, 중국 계림의 수중총체극인 '인상유삼저(印象劉三姐) 그리고 보는 눈에 따라 이의를 제기하기도 하겠지만 태국 파타야 알카자 쇼 같은 공연물은 이미 오래전에 도시 문화상징이 되어, 그 도시에 가면 반드시 보아야할 것 같은 의무감을 불러일으킨다. 대부분 야간에 공연하므로 부득이 그 도시에서 숙박을 유도하는 잇점도 있다.

각 지역을 대표할만한 별미음식 개발과 보급도 숙제려니와 근교에 대규모 명품 아울렛을 조성하는 일과 함께 매일(또는 주말과 공휴일) 저녁이면 항상 공연을 볼 수 있는 문화상품 개발 역시 긴요하다. 그 도시의 역사와 발전과정을 담은 테마도 좋고 과학과 예술을 접목한 버라이어티 총체극일 수도 있다. 전통연극, 오페라, 뮤지컬, 국악, 무용, 서커스, 마임, 마술, 개그, 인형극, 레이져 쇼, 신파극, 시사풍자, 슬랩스틱 코미디 같은 공연의 여러 요소를 집약하여 가급적 언어개입을 최소화하면서 숨쉴 틈없이 관객을 끌어들이는 무대를 만들고, 공격적인 공연

마케팅으로 흥행에 나설 일이다. 재관람을 유도하기 위하여 일정기간마다 공연내용과 출연진을 개편, 업그레이드하면서 관객에게 재미와 감동을 주는 공연상품 개발은 그리 어려운 일이 아닐 것이다.

초기의 어려움만 감당한다면 지역 문화예술인들이 지혜와 힘을 모으고 지역내 다양한 공연공간을 활용한 예술의 저변확대, 문화향수, 도시를 상징하는 문화상품 개발, 컨벤션과 관광의 부가가치 극대화는 가능하다. 침체된 민심과 팍팍한 삶의 권태를 즐겁고 역동적이면서 긍정의 메시지를 던져주는 공연무대에서 해소시킬 수 있지 않을까.

어려운 시절에 독서가 더욱 필요한 이유

경기가 어려워지면 으레 문화비 항목 지출을 먼저 억제한다. 거기에는 영화연극관람, 도서구입, 레저와 취미활동 그리고 여행비용 등이 포함된다. 그중 특히 책 사보는 비용을 가장 손쉽게 삭감하면서 별다른 아쉬움이나 결핍을 느끼지 못하는 현실이다. 예나 지금이나 취미를 물으면 대부분이 별 망설임 없이 독서를 꼽는다. 등산, 음악 감상, 여행같은 취미에 앞서 독서야말로 온 국민이 선호하는 으뜸가는 취미생활인 것이다. 실제로 책을 별로 읽지 않는 사람들도 독서를 자신의 취미라고 이야기하는데 주저하지 않았다는 것은 독서의 유익함과 당위성을 말해주는 것이기도 하다.

이를테면 국민취미였던 독서가 쇠퇴하고 있다. 다른 매체와 활동들이 책의 영역을 침범했기 때문일까. 다른 취미들이 개발되어서인가. 생활이 바빠지면서 책을 볼 시간이 줄어든 탓일까. 그동안 인터넷이 보급되면서 책에서 구할 정보며 지식과 간접경험을 사이버 세계에서 찾는 동안 사람들은 성급하게 종이책의 몰락을 점치기도 했다. 몇 년안에 종이책이 급격하게 위축되고 e북, 즉 종이없이 단말기로 읽게 될 책이 적어도 도서시장의 20~30%를 점령할 것이라는 예측이 나오기도 했다. 그런데 이런 전자 북의 확산은 그 후 겨우 몇 퍼센트 선에서 종이도서 시장의 극히 일부분을 잠식하는데 그쳤고 그나마 요즘은 주춤한 상태이다. 언제 어디서나 휴대하고 펴볼 수 있는 종이책의 실용성은 컴퓨터 단말기를 통해서만 볼 수 있는 전자책이 쉽사리 따라오기 힘든 장점의 하나이기 때문이다. 더구나 요즘 책은 세련되기 그지없는 디자인과 다양한 콘텐츠를 가지고 그 자체로 사고 싶은 문화상품이 되어가고 있다. 그런데 오랜 불황의 늪은 출판시장을 다른 시장에 앞서 제일먼저 얼어붙게 했다. 10여년전 외환위기 때도 이렇지는 않았다며 문자 그대로 빙하기가 몰려왔다는 일선 출판인의 말은 엄살이 아닌듯 하다. 예전같으면 어느 정도 판매가 이루어지던 책들 조차 꼼짝않고 아예 유통기미가 없다고 한다. 요즈음 소주매출의 급격한 증가와 대비된다.

경기가 바닥을 치고 시장이 위축되면서 지갑을 열지않는 소비위축 심리는 문화시장에 제일 먼저 적용되어 유통되는 서적의 규모나 시장 분위기는 침체 그 자체라는 것이다. 오늘도끊임없이 책은 쏟아져 나오지만 실수요자들의 구매행위는 움추러든지 이미 오래이다. 예를들면 중요 일간신문 서평, 신간안내란에 올랐던 책들은 신문에 나간지 며칠 뒤부터 주문이 증가하는게 과거의 상례인데 이즈음에는 그런 현상도 자취를 감추었다고 한다. 하기야 당장 가게가 문을 닫고 기본적인 생계유지도 어려운 마당에 독서를 하시오, 책을 사보시오라는 주문은 현실감 없는 공허한 메아리일 수 있다.

책을 사보기가 어려우면 빌려보는 방법도 있다. 각 지방자치 단체별로 건립된 공공도서관이나 대학도서관을 이용해보자. 요즈음에는 각 대학도서관도 학교홍보와 지역사회 밀착을 위하여 주민들에게 비록 제한적이나마 도서관을 개방하는 곳이 늘고 있는 추세이다. 원하는 책이 없다면 희망도서 신청제도를 이용하며 도서관에 주문할 수도 있다. 예산 범위 안에서 다른 업무보다 가장 신속히 처리할 것이다. 공공도서관과 대학에서라도 솔선 책을 구매해야 그나마 출판시장도 숨통이 트이고 각박할 대로 각박해진 우리 삶에 촉촉한 윤기와 활력이 스며들지 않겠는가. 책이라고 다 좋은 것은 아니지만 읽지 않는 것보다는 마땅히 훌륭한 까닭이다. 양서 틈사이에 끼인 악서나 별반 평가할 수 없는 책들도, 이런 책들은 보면 안되겠구나 하는 깨달음을 불러일으키는 반면교사의 역할을 수행할 수 있기 때문이다.

세계 7위의 출판대국인 우리의 부끄러운 독서현실에서 우리사회의 빛과 그림자를 본다. 세계 7위라는 위치에 오르기까지 아마도 거기에는 입시용 참고서 시장의 엄청난 규모가 포함되었을지라도 일단 자랑스러운 수치이다. 팍팍한 세상살이의 고단함을 위로해줄 힘을 책읽기에서 찾아보자. 경기의 흐름은 돌고돌아 어느 때가 되면 다시 상승곡선을 타고 어려움과 침체가 회복될 것이라면 그동안 나름대로 적합한 책을 읽으며 내공을 다지며 실의와 좌절을 극복하는 지혜가 더없이 필요한 이즈음이다. 삶의 어려운 고비동안 은둔, 칩거하면서 공들였던 독서의 방대한 교양이 내면과 인격, 세상과 삶을 바라보는 안목을 성숙하게 해주었고, 어린시절 숙제로 읽었던 책 구절과 내용이 성장한 다음 삶의 지침이 된 경우도 결코 우연이 아닐 것이기 때문에 더욱 그러하다.

TV 토론프로그램 스타를 기다리며

다른 오락물을 제치고 토론 프로그램을 시청하려는 분들께 경의를 표한다. 우선 느긋하게 즐기려는 마음가짐이 필요하다. 축구나 야구 중계를 보는 시간과 비슷할 것이므로 간단한 다과를 준비하면 좋겠다. 해당 주제에 관한 자신의 생각을 미리 정리해보는 것도 유익하겠다.

무엇보다 중요한 것은 한 두 시간 토론으로 똑 부러지는 대안이나 납득할만한 결론 도출은 어렵기 때문에 입장이 다른 양측의 의견을 들어보고 앞으로의 추이를 관망한다는 가벼운 마음이면 충분하다. 사회의식과 표현기술의 진보에 비하여 유독 토론분야의 발전이 더딘 이유는 우선 입시위주 학교교육에서 토론에 관련된 교육을 받을 여건과 기회가 미비했을 뿐더러 의견 차이를 모욕과 도전으로 간주해온 그릇된 의식구조도 한몫 거들었다. 그러므로 토론의 가치나 기법을 습득하지 못한 패널들의 역량과 표현-설득능력을 크게 기대하지 않아야 한다. 패널로 출연하게 된 인사들은 식견과 전문성을 갖추고 토론능력도 웬만큼 구비되어 자청해서 나온 경우도 있을 것이고, 아무도 나가려 하지 않는 상황에서 등떠밀려 온 사람도 있을 것이다.

토론 첫 부분 한 두마디만 들어보면 금세 구분된다. 후자의 경우 참을성 있게 상대방 이야기를 듣고 차분하게 자기주장을 펼쳐간다는 토론의 ABC와는 당초 거리가 멀다. 시선을 내리깔고 준비해온 내용을 읽어가거나 말도 안되는 궁색한 주장 반복, 비웃음을 흘리며 상대 말꼬리 잡기, 논리가 달리면 너 몇살이냐는 식의 생때로 궁지를 벗어나려드는 등 구태 답습은 여전하다. 짜증을 넘어 측은해진다.

최근 몇 년 사이 활성화된 방송 토론 프로그램은 주로 중요 사회 이슈에 대하여 의견을 달리하는 양측 인사 서너 명이 나와 대립하는 주장을 펼치거나 각종 선거 후보자들의 정견발표와 상호토론으로 이용되는데 두 유형 모두 토론의 정석이나 기본 매너 그리고 시청자가 기대하는 깔끔한 마무리에 미흡한 채로 시간에 쫓겨 두서없이 끝기 일쑤다.

애초에 똑 부러지는 결론을 기대하지는 않았지만 패널들의 어수선한 장광설이나 교양없는 태도, 앞서 자신의 발언을 뒤엎는 요령부득의 발언 등은 이미 패널의 수준을 저만치 앞서버린 국민들의 비웃음을 산다. 사회자는 진행의 중립과 엄정성 확보차원이라지만 지나치게 빡빡하고 여유없게 토론을 끌어 간다. 한 대목에서 어느 출연자가 시간을 초과했다면 다음 순서에서 그만큼 빼면 될터인데 자연스러운 흐름을 끊어버리고 결과적으로 토론전개를 다시 원점으로 되돌리면서 재미반감에 일조를 한다.

특히 지난번 쇠고기 파동에 즈음한 여러 토론 프로그램은 우리나라 토론문화의 현 수준과 앞으로도 그리 밝지못한 전망을 일목요연하게 보여주었다. 논리와 확신으로 무장하지 않은 패널들은 토론이라기 보다 홍보문 낭독에 가까웠고 몰입을 끊어버리는 예의없는 태도, 시선과 음성조절실패 등으로 재미를 참담하게 빼앗아갔다. 저런 사람이 국회

의원, 교수, 전문가, 장관일까 할 정도로 허약하디 허약한 사회지도층
의 지적 수준과 의식구조를 보여주었다.

　방송사측의 어려움도 이해된다. 매주 주제선정과 패널섭외, 질문 개
발과 전달, 사전조율 같은 작업이 신속히 이루어져야 하는데 특히 패널
섭외가 여의치 않을 경우 졸속제작은 불가피해진다. 당당하게 나서기
어렵거나 대응에 캥기는 구석이 있는 진영으로서는 선뜻 여론의 질타
를 한몸으로 받겠다는 인사가 나서지 않을 것이고 이 대목에서 등장한
충성스러운 '대타'가 프로그램 수준을 떨어트리는데 크게 기여하기 때
문이다. 꽉꽉한 삶속에서 TV토론을 보며 스트레스를 풀고 세상 돌아
가는 모양새를 나름대로 전망하려는 소박한 희망을 채워줄 멋진 토론
스타 탄생은 언제쯤일까.

디자인 감각을 키워야 할 이유

북한군 창설 기념일 행진에 나선 북한군의 복장은 예나 지금이나
변함이 없었다. 6.25 동란 때의 인민군복 차림새와 별로 달라지지 않았
다. 그들의 표정만큼이나 경직되어 보인다. 경직을 넘어 고착된 느낌이
다. 투박한 디자인, 옷감의 색상과 질감은 물론이고 활동면, 기능성에
있어서도 옹색해 보였다. 고급 장교 특히 장군, 차수, 원수같은 고위급
까지 올라가도 별로 나아지지 않는다. 특히 무슨 기념식이나 공식행사
에 나타나는 인물들의 가슴과 배의 상당부분을 주렁주렁 뒤덮은 훈장
뭉치을 보면 답답해진다. 우리 국군이나 경찰처럼 제복 왼쪽 가슴에 간
편하게 약장을 패용하면 되련만 촌스럽게 달린 훈장, 기장에서 아직 끝
나지 않은 민족분단, 냉전 이데올로기의 뚜렷한 유산을 실감한다.

열악한 국민생활 수준과 국가, 사회경쟁력이 담보되지 않은 상황에
서 유독 군복 디자인의 세련과 선진화를 기대하기는 어렵다. 일상의 여
유와 사회안정 그리고 개방적이고 활발한 해외문화 교류와 수용이 국
민안목과 감각, 표현력을 키우고 그것이 자연스럽게 삶과 사회를 디자

인하는 원동력으로 이어진다는 점에서 북한은 한참 멀었는지 모른다.

거기에 비하면 우리 국군의 복장이나 무기, 군사 관련용품 등은 발전과 세련을 거듭하여 이제 품질과 디자인, 기능성면에서 세계수준에 올랐다. 과거 이른바 국방색이나 푸른색 제복에서 얼룩무늬 군복으로 바뀌었다. 육군의 경우 예전 딱딱한 원통모양의 군모가 인체공학적인 타원형 구조로 개량되었는가 하면 해군 부사관과 장교의 근무모는 그 날렵함과 탈착상의 편의성이 수준높은 멋을 느끼게 한다.

패션과 액세서리, 건축, 가구, 가전, 자동차, IT, 화장품 그리고 주방기기 같은 일상생활용품 분야의 디자인 강국이라는 이탈리아, 프랑스 등과도 어깨를 나란히 할 만큼 일취월장하는 동안 정체해 있거나 퇴보의 길로 내딛는 경우 또한 적지않다. 건물과 도로에 무질서하게 걸린 간판이 우선 그러하다. 건물 벽면, 측면을 도배하듯 어지럽게 붙어 있는 간판의 홍수와 도로를 점유한 불법 광고물을 피해 조심스럽게 걷고 있는 시민들의 세련된 외양과 표정이 대비되면서 아직 정돈되지 않은 우리 도시문화의 어두운 그늘을 보여준다. 광고, 간판의 소비자인 시민들의 감각과 반응, 나아가 미학적인 고려는 전혀 관심없다는 듯 무조건 크고 굵고 튀고보자를 외치며 유치한 원색 글씨와 노골적인 이미지로 뒤덮힌 간판, 광고에서 우리 디자인 의식의 또다른 주소가 드러난다.

유럽 등지에서는 개업의원의 경우 건물 현관 좌우의 30cm 남짓한 금속판이 간판의 전부이다. 진료과목, 진료시간, 이름 그리고 전화번호 등만 적어 놓아도 환자들 이용에 불편이 없다. 진작부터 예약제도가 정착되어 간판을 보고 병원을 찾는 경우가 거의 없는 까닭도 있겠지만 크게만 내건다고 영업이 잘되리라는 단순한 생각은 거기 없다. 그리고 보면 붉은색, 노란색 같은 원색선호는 국민안목이나 감각, 디자인 문화 고급화와 반비례하는듯 싶다.

많이 세련되었다지만 관광버스 시트커버와 커텐도 아직 시골다방 같이 자극적이고 어수선한 배색이 상당수이다. 비용이 더드는 것도 아니련만 약간의 생각과 감성, 작은 여유와 노력으로 삶의 디자인 수준은 껑충 솟는다. 디자인 의식과 코디네이션 감각이라는 작지만 커다란 힘이 이제 더 빠르고 강력하게 우리 생활 곳곳으로 스며들어야 할 때에 이른듯 싶다.

제3부

대학을 보면 미래가 보인다

위기의 대학, 기회의 대학

새학기가 다가오면서 그간 수시모집, 정시모집, 추가모집을 끝으로 각 대학의 입시업무가 일단락되었다. 지방의 경우 애써 모은 학생들이 4년간 자아개발과 사회진출에 성공하도록 지도해야 하는 더 어려운 과제가 시작되었다.

같은 학과 신입생이라 하더라도 1학기에 일찌감치 수시모집을 통하여 입학한 경우도 있고 2월 하순에 턱걸이하듯 추가모집으로 대학문을 밟은 학생도 적지 않으니 구성원 이질감 해소와 정체성 고취 역시 대학이 맡아야 할 주요임무다.

대학은 피로하다　　그나마 정원을 채운 대학들은 다행이다. 지방의 많은 대학들이 추가모집으로 수백 명의 결원을 채우려 했으나 지원자가 턱없이 적어 결국 대량미달로 새학기를 맞이하게 되었다. 대학정원과 진학인구 사이의 수급불균형으로 인한 신입생 모집의 어려움은 매년 심각성이 더해간다.

일년 내내 계속되는 신입생 모집 업무로 지금 대학행정은 만성피로에 쌓여 있다. 학생들의 선택권 보장이라는 명분으로 진행되는 등록금 환불제도 역시 긍정적 측면보다 역기능이 더 두드러진다. 일껏 모집한 학생들이 등록금을 되찾겠다고 몰려올 때의 당혹감과 낭패감은 입시 업무 담당자가 아니더라도 짐작할 만하다.

논술과 내신비중 같은 지엽적인 문제에 관심이 쏠리다 보니 대학입시라는 큰 틀에 대한 개선 노력은 어느새 잦아들어버렸다. 대학간 끝없는 경쟁레이스가 오래 전 시작되었으므로 대학 신입생 모집방안은 각 대학에 맡겨 자율화하는 것이 차선의 방안임에도 교육부는 재정지원, 지휘감독이라는 당근과 채찍에 의존, 효율이 떨어지는 간섭과 통제의 고삐를 늦추지 않는다. 대부분의 예산을 국고에서 충당하는 국립대학은 그렇다 하더라도 몇 푼 안 되는 국고지원을 받는 사립대학에 대해서도 동일한 잣대를 적용하는 처사는 설득력이 없다.

학생들은 예리하다 교육소비자인 학생들의 취사선택은 교육부의 지휘체계보다 훨씬 더 예리하고 합리적이다. 대학경영이 방만하고 교육환경과 시설, 교수진, 취업지원이 탐탁지 않을 경우 냉정하게 등을 돌리고 그 입소문이 엄청난 파급효과를 거두면서 대학의 존립 여부를 결정짓기도 하는 현실에 교육부의 입시정책 개입은 무의미하다. 예를 들어 천 억이 넘는 대학 1년 예산에 불과 몇 억을 지원하면서 시시콜콜 간섭과 통제는 국가권력을 배경으로 군림하려는 전근대적인 행정 만능 발상의 잔재로밖에 볼 수 없지 않을까.

대학에도 아직 풀어야 할 과제가 적지 않다. 기업이나 제품광고에서도 나름대로의 정직성, 품위, 윤리를 확보하기 위한 여러 장치가 마련되어 있는데 대학광고, 홍보는 사각지대인 듯 나날이 과장광고 나아가 허위광고로 치달을 우려가 높다.

광고의 생명은 '공감대 확보'일 텐데 동조하기 어려운 광고를 앞세워 은연중 기정사실화하려는 음험한 시도나 검증되지 않은 사실과 통계의 유포, 과대포장은 대학의 품격을 현저히 떨어뜨리고 있다. 학생 입맛에 영합하려는 근시안적인 사탕발림정책과 교육의 질을 떨어뜨리는 원칙없는 학사행정, 그리고 턱없이 부풀려 공표되는 취업률 등은 대학 스스로 위기상황을 가중시키는 자충수일 뿐이다.

'위기의 기회', 원칙과 기본

총체적인 위기에 봉착한 우리나라 대학들은 그러므로 역설적으로 기회를 맞이한 셈이다. 각 시군, 면 단위에까지 설립된 숱한 대학들이 선의의 경쟁으로 적자생존의 시장경제에서 살아남아야 함은 물론 대학 고유의 교육, 봉사기능을 강화해야 한다. 어려운 일이지만 이 '위기의 기회'에 봉착하여 원칙과 기본에 충실하면서 교육과 대학의 본질이 무엇인지 다시금 깊게 고민하는 데서 그 해법을 찾아야 할 것이다.

어느 대학을 어떻게 선택할까

대학 신입생 합격자가 발표되면서 대학과 수험생 가족은 일제히 긴 장상태에 돌입했다. 올해는 얼마나 많은 수험생이 등록할 것이며 이탈자, 결원은 어느 정도일지 가늠하기 쉽지 않기 때문이다. 한 명이라도 더 많은 학생을 확보하기 위하여 합격자 발표를 앞당기는 등 신경전을 벌이지만 최종 등록자 확정은 2월 하순이고 일부 대학의 경우 3월초 새 학기가 시작된 뒤까지 이어지니 혼란은 나날이 더해간다.

광복 이후 스무 차례 가까이 손질해 누더기가 된 대입제도는 이제 수시모집, 정시 가-나-다군 복수지원으로 최종결정권을 부여한다는 취지에서 비교적 교육소비자인 수험생들의 선택의 폭을 넓힌 듯하나 그 부작용과 폐해는 실로 크다. A대학에 등록했다가 B대학에 결원이 생기면 A대학에서 환불받아 B대학을 찾는가 하면 C대학으로 가기도 한다. 자신의 전공을 연마하고 미래의 삶을 구체적으로 설계할 고등교육기관 선택이 상점에서 물건을 사고 마음에 들지 않으면 미련없이 바꾸듯 대학을 선택하게 한 것이 과연 합리적일까.

대학광고의 허와 실　　실용주의, 사회적 인식과 수입 등과 연결된 대학선택은 우리나라 대학에 개설된 2천 개 가까운 전공 가운데 불과 10여 개의 이른바 인기학과를 제외하고는 대부분 외면하는 기형적인 풍조 역시 한몫한다.

진학인구를 훨씬 웃도는 대학정원도 그러할진대 각 대학들이 광고홍보에 들이는 노력과 물량 역시 점차 늘어만 간다. 그러나 정작 대학이나 학과선택에서 대학측이 제공하는 광고에 영향받는 경우가 극히 미미한 실정에서 대학광고로 학생을 유치하겠다는 소구(訴求)효과는 미미하다. 격조있고 미래지향적인 교육이념과 인재양성 방안은 도외시하고 검증되지 않은 자료와 진실성이 의심되는 문구로 점철된 대학광고는 초라해 보인다.

젊은 세대 감수성에 호소한다고 뮤직비디오 형식의 알맹이 없는 대학광고가 영화관과 공중파 방송에 범람하는 현실이 오늘날 대학 위상의 한 단면을 보여준다. 우리 대학의 교육 특성은 무엇이고 어떤 교수들이 어떠한 교육으로 여하한 목표를 겨냥할 것이라는 구체적이고 진솔한 광고는 찾기 어렵다. 대학의 불안이 물량적인 광고행위로 이어지면서 제살깎기 경쟁은 거세어진다.

대학을 찾아가보자　　수험생과 학부모는 어느 대학을 선택할까 심각한 고민에 빠진다. 향후 40년을 담보할 4년의 대학생활을 믿고 맡길 만한 대학을 어떻게 고를까. 대학은 무엇에 호소하여 학생들을 끌어들일 것인가.

우선 그간 이러저러한 비리로 세간의 지탄을 받았던 대학에는 보다 세밀한 검증이 필요하다. 부정과 전횡을 일삼았던 재단측이 물러가고 관선이사 등 새로운 경영진이 들어섰다고는 하지만 호시탐탐 재탈환을 노리는 재단측의 집요한 공작과 학교에 남은 수구세력의 발호로 혁신을 꾀하기가 여간 어렵지 않기 때문이다.

사학법 개정을 둘러싼 논쟁에서 보이는 반응도 유효한 기준이 될 수 있다. 둘째 대학광고에 필요 이상의 예산을 투여하거나 누가 보아도 터무니없는 내용을 버젓이 내세우는 대학은 운영이나 학사업무에서도 허황되기 쉽다. 등록금 이외 수입이 전무한 실정에서 장미빛 공약을 남발하거나 사탕발림으로 장학금, 선물공세를 펴고 진실성이 의심되는 취업률 광고를 앞세우는 대학이 그러하다.

대학교육의 요체는 비전있는 리더, 우수한 교수진과 전문성을 지닌 행정 스태프, 이를 뒷받침하는 시설과 환경, 그리고 재학생들의 자부심이다. 이를 확인하려면 인터넷이나 입소문보다는 직접 해당 대학을 방문하는 것이 어떨까. 교문을 들어서는 순간 느껴지는 직감적 인상과 분위기가 정확한 판단기준이 되기 때문이다.

소모적인 대학 등록금 인상 갈등

새해 들어 대학가에서는 등록금 인상에 관련하여 대학당국과 학생 간 대립양상이 재연되고 있다. 학교측은 물가상승요인을 감안하여 최저한도로 올린 것이라 주장하고, 등록금 동결과 예산 완전공개를 외치는 학생들의 상황은 예년과 다름없다. 대학이 무한경쟁에 접어든 이즈음 등록금 액수 또한 학생 확보의 중요한 변수로 자리잡은 현실을 감안할 때 이제는 보다 체계적인 결정과정의 정립이 필요하다고 본다.

해마다 되풀이되는 소모적인 갈등구조는 결과적으로 대학 경쟁력을 현저히 약화시키고 나아가 사회불안 요소로 이어질 수 있다는 데 문제의 심각성이 있다. 대학당국과 학생측이 각기 일방적인 주장만을 반복하는 동안 대화통로는 막히고 급기야 대학본부 점거, 삭발·단식 농성, 어지러운 플래카드와 대자보 남발, 등록거부, 총학생회 계좌로 납부하기, 동전이나 현물등록 시도 등 대학 지성과는 거리가 먼 구태가 답습되고 있다.

보다 심각한 결과는 스승과 제자 간의 관계가 등록금 몇만 원으로 인

해 파행으로 치달을 수 있고 급기야 서로 회복하기 어려운 상처를 안게
되는 것이다. 특히 사립대학의 경우 재단 전입금, 기부금, 수익사업 등
이 영세한 현실에서 등록금 의존비율이 높을 수밖에 없다.

반면 어려운 경제상황을 감안할 때 등록금 동결 내지 인하 주장도 나
름대로의 논리는 있다. 문제는 첨예한 대립각을 보이는 양측의 입장을
조율하고 타협점을 찾아내는 구조적이고도 합리적인 시스템이 아직
마땅치 않다는 데 있다.

인상 불가피- 동결고수 사이에서 빚어지는 무의미한 소모전을 불식
시키기 위해 진지한 대안 논의가 필요하다. 가령 입학시에 4년간 납부
할 등록금을 명시하여 예고하는 제도가 그러하고 학교-학부모-경영회
계 전문가가 참여하는 상설기구 마련도 바람직하다. 대학은 경영 투명
화와 예산절감에 노력해야 할 것이며 학생측 또한 투쟁일변도에서 벗
어나 설득력 있는 논리를 구축해야 한다.

우리나라 대학사회의 오랜 병폐인 등록금 인상 공방을 종식하여 보
다 생산성 높고 미래지향적인 경쟁력과 학문의 수월성을 제고하고 무
엇보다도 '사제동행'이라는 아름다운 전통이 회복되기를 바란다.

대학 '학생확보' 품위 지키자

합격자 발표 후 등록기간 전까지 각 대학이 벌이는 신입생 확보 노력은 전쟁을 방불케 한다. 가, 나, 다 군으로 분류하여 4년제 대학 세 군데 응시가 가능하며 여기에 전문대를 포함하면 수험생 한 명이 너덧 군데 대학지원이 가능한 현실 아래 갖가지 홍보수단을 통해 한 명이라도 더 많은 학생을 모으려는 대학의 고충을 탓할 수만은 없다.

높은 입시경쟁률과 무작정 대학진학 열풍 속에서 별다른 노력 없이 안주했던 과거 대학으로서는 상상하기 어려운 환경변화에 직면한 셈이다. 지원자 이동방지에 주력하며 등록률 높이기에 공을 들이는 대학의 갖가지 행태에서 우리는 대학사회의 빛과 그림자를 동시에 보게 된다. 높은 취업률과 첨단 교육환경, 풍부한 장학금 혜택 등 장점을 내세우는가 하면 경쟁대학 또는 불특정 다수 대학에 대한 비방과 모략도 등장하고 있다.

이메일과 서신 발송, 전화를 통한 등록권유 등은 이제 고전이 되었고 등록금 중 수십 만원 상당의 입학금 면제, 해외연수 기회 제공 같은 물량공세도 적지 않다. 등록금 경감 조치는 일견 바람직해 보이지만 진작에 낮게 책정할 수 있었음에도 공연한 생색내기에 그친다는 비난을 면하기 어렵고, 그것이 정규예산이 아니라 교직원 대상의 반강제적 갹출이나 다급한 일회성에 그칠 경우 후유증은 만만치 않을 것이다. 등록률 제고에 급급한 나머지 무책임한 단발성 이벤트로 끝나고 만다면 대학의 도덕적 위상과 교육기관으로서의 품위가 크게 훼손되기 때문이다.

학생 확보를 위한 대학홍보, 광고의 소모적 낭비와 부도덕한 측면에 대한 논란은 어제 오늘의 일이 아니다. 특히 예산 대부분을 등록금으로 충당하는 사립대학의 경우 방만한 홍보예산 집행은 그 초조함을 이해한다 하더라도 결과적으로 제살 깎기일 뿐이다. 정확한 출처와 평가지표 없이 '취업률 0위'라는 무책임하고 검증되지 않은 광고로 학생을 현혹하는 대학이 늘어나는 현실에서 우리 대학의 어두운 그림자는 짙어간다.

대학은 대학다운 품위와 격조, 최소한의 도덕성을 갖추고 선의의 경쟁으로 정정당당하게 학생 확보에 나서기 바란다. 목적을 위해 수단방법을 가리지 않는 혼탁한 사회풍조가 대학에 스며들었다는 의구심을 불식시킬 책임도 아울러 통감해야 할 것이다.

대학 음주문화 바뀌는가

과음으로 인한 대학생 사망사고를 비롯한 대학가의 여러 불미스러운 상황은 그간 여론의 질타 속에서도 좀처럼 개선의 기미가 보이지 않았다. 극심한 청년실업률과 급변하는 대학환경 속에서 아직 우리 대학이 표류하고 있음을 보여주는 것이기도 하려니와 퇴폐향락으로 치닫는 사회분위기를 향해 건전하고 모범적인 문화코드를 제시하지 못한 책임도 함께 하기 때문이다.

다행히 최근 이에 대한 반성과 자책의 분위기가 확산되어 종래와 다른 대학풍속도를 볼 수 있음은 반가운 일이다. 술판으로 시종했던 신입생 오리엔테이션 및 환영행사도 성격을 달리하여 이웃의 어려움을 함께 나누는 봉사활동으로 진행되고 있다. 소년소녀가장, 불우 독거노인 등을 찾아 비록 서툰 솜씨로나마 구슬땀을 흘리는 대학생들의 성실한 모습을 바라보는일은 기쁘다.

많은 물질적 도움이나 특별한 기술이 없어도 젊은이들의 관심이 사회 어두운 부분으로 돌려지고 있다는 사실만으로도 고무적이다. 바라기는 이런 활동과 분위기가 여러 불미스러운 사태에 대한 일회성 국면 전환이 아니라 새로운 시대 패러다임에 걸맞는 전향적인 대학문화의 뼈대를 이루었으면 한다는 것이다.

우리 사회는 지금껏 황당한 사건사고가 발생한 뒤 여론의 집중포화 속에서 미봉책과 급조된 대응방안으로 허둥대다가 시간이 지나면 다시 원점으로 돌아오고 마는 전근대적 반복구조에 너무 익숙해져 있었다. 이제 젊음의 열정과 청년정신이 생산적이고 열려있는 마음을 견지하도록 사회의 관심과 배려가 절실하다.

이와 아울러 근래 대학가에서 윤리의식과 가족공동체의 중요성을 일깨우는 교양과목이 큰 호응을 얻고 있는 듯하다. 우리 사회의 부조리, 어수선한 분위기와 파행성도 결국 가족의 소중함과 생명, 윤리관념의 피폐에서 비롯된 것이라면 때늦은 감이 있지만 이 분야에 관심이 쏠린 것은 바람직하다. 대학 교양강의는 대부분 흥미유발조차 어려운 통과의례 성격이 강하지만 부모, 자녀, 결혼, 가족, 성, 건강증진 같은 진지한 주제에 대한 연찬 분위기 확산은 대학문화 수준 제고에 힘을 실어 줄 것이다.

술에서 멀어지고 삶과 사회를 향한 진지한 성찰을 모색하는 우리 대학가를 일단은 긍정적인 시선으로 지켜볼 때다.

대학의 사회봉사, 좀더 솔직해야

근래에 들어 각 대학들이 앞다투어 시설과 자료를 시민들에게 개방하기로 한 조치는 크게 환영받았다. 주로 도서관 이용에 관한 편의제공 중심이지만 아직은 초기단계로 지역주민들이 피부로 느끼는 혜택은 미미하다. 오히려 대학의 홍보자료로 이용되면서 더러 부풀려지고 효과를 과장하거나 검증되지 않은 내용까지 포함되어 근본취지를 무색케 하는 경우도 있다.

대학이 사회에 대해 개방조치를 확대하는 것은 매우 당연한 일이다. 지금까지 대학이 성장하도록 인재를 공급하는 동시에 유무형의 지원을 아끼지 않은 지역사회에 대한 봉사는 아무리 강조해도 지나침이 없기 때문이다. 특히 요즘처럼 학생확보에 비상이 걸리고 대학간 치열한 경쟁에 접어든 상황에서는 대학의 개방, 사회밀착, 이미지 제고, 지적 자원 공유 같은 명제는 살아남기 위한 불가피한 전략이다.

지역 대학이 도서관 시설과 소장자료를 파격적으로 개방한다고 대대적으로 홍보한 것이 얼마 전인데 어느새 일부대학에서는 좌석 지정제를 강화하는 등 시민들의 접근을 제한하는 조치를 취하고 있어 공연한 생색내기에 그칠 우려가 크다. 물론 제한된 좌석에 비해 많은 학생 수, 그리고 가방이나 책만 놓고 자리를 비우는 '얌체족'으로 인한 불가피한 조치라고 해명한다.

그러나 도서관 기능이 자료대출에 그치지 않고 쾌적한 열람환경 제공 또한 필수적인 만큼 대학의 도서관 좌석 이용 제한은 그렇지 않아도 높은 문턱을 더욱 굳힐 전망이다. 중산층 이상은 주거환경과 문화비 지출 등으로 대학시설 이용이 그리 절실하지 않지만 학습환경과 도서구입이 여의치 못한 서민층과 실버세대 등에게 대학시설 이용은 매우 요긴하다.

각 대학이 가시적 기대효과에 급급하여 대책없이 사회봉사를 발표하고 자체 형편으로 슬그머니 축소, 환원하는 비문화적 양태를 반복하는 한 대학은 지역사회로부터 고립과 외면이라는 어려운 처지에 놓일 것이 분명하다. 좀더 전향적이고 솔직하게 대학의 사회밀착을 시도했으면 하는 바람이다.

대학이 더 많은 기부를 받으려면

대학환경이 나날이 어려워지는 이즈음 귀한 재산을 대학에 희사하는 미담은 언제 들어도 그때마다 신선하다. 재물에 대한 집착과 대물림이 나날이 더해가는 물신(物神)사회에서 알뜰하게 모은 재산을 아무런 대가 없이 대학에 기증하여 학문과 교육발전에 기여하는 모습에서 우리는 밝은 세상을 본다. 인간성의 고귀함을 확인한다.

지난해 10억여 원 상당의 정재를 충남대에 기탁한 이종학 선생의 경우도 그러하다. 그전에도 김밥할머니의 거액기부 등으로 지역사회에 아름다운 기부문화의 싹을 틔운 후 잇따르는 대학발전기금 희사는 지역발전의 견인차가 되고 있다. 미담의 주인공 이종학 선생의 경우는 살아온 내력 역시 독특하고 모범적인 것이어서 더욱 감동을 자아낸다. 학문의 불모분야였던 군사학을 개척하고 스스로 교육, 연구, 집필활동을 통하여 남북분단 상황에서 평화유지를 위한 군사학의 존립 필요성과 그 이론체계를 정립한 공적도 그러하거니와 입지전적으로 군사학 교수자격을 획득했고 1만여 권의 도서를 기증하여 이 분야 학문발전에 크게 공헌하는 등 소신있고 미래지향적인 삶과 사회봉사의 전형을 보인 인물이다.

대학기부를 알뜰하게 선용하고 확대발전시켜야 할 몫은 대학으로 넘어간다. 서울이나 수도권 지역에 비해 지역대학들은 특히 기부행위의 혜택을 상대적으로 덜 받고 있다. 오랜 전통을 지닌 이른바 명문대학들은 동문과 재벌기업을 포함하여 각계에서 답지하는 기금, 후원 등으로 건물신축, 기자재확충, 교육연구, 복지시설 보강 등에 힘쓰는 반면 그렇지 못한 경우 빈곤의 악순환이 계속되는 대학의 빈익빈 부익부 현상은 점차 가속화되고 있다.

또 기부받은 재화를 활용, 수익극대화로 학교발전에 도움을 주고 기증자의 뜻에 합당하게 운용하는 것 역시 쉽지 않은 과제다. 그간 몇몇 대학의 실패사례는 받은 후의 관리 역시 만만치 않음을 반증한다. 기부문화를 뿌리내리기 위해 기증 취지의 구체적 추진은 대학의 의무이며 그 감시 또한 사회의 몫이다. 이번 이종학 선생의 아름다운 결정이 지역대학의 새로운 활로를 열고 더 많은 기부행위를 촉진하는 기폭제가 되었으면 한다.

대학축제, 지역밀착이 해법이다

1970년대 대학축제는 볼거리가 귀하던 시절 대학생을 비롯하여 인근 지역주민들이 문화를 접할 수 있던 드문 기회였다. 지금의 기준에서 본다면 다소 유치하고 썰렁한 프로그램으로 구성되었지만 별다른 오락거리가 없던 당시에는 그런대로 주목을 끄는 이벤트가 되었다.

유신체제 아래 비판의 기회를 봉쇄당한 젊은이들은 '축제'라는 이름을 빌어 울분과 저항의 분출구를 마련했다. '학내주점'과 '물풍선 터뜨리기'가 등장한 것도 그 무렵이었다. 강의와 시험으로 위축되던 스트레스 공간이었던 캠퍼스에서 기울이는 술잔은 묘한 해방감 속에서 또 다른 묘미를 제공했던 것이다. 신군부 집권 이후 '국풍'이라는 정체불명의 시민축제가 놀이바람을 몰고 오는가 싶다가 대략 1980년대 중반을 고비로 대학축제는 쇠퇴의 길로 접어들었다.

점차 높아가는 개인주의 의식 속에서 '더불어 함께'보다는 '혼자서 오붓하게'를 추구하는 젊은 세대의 변화된 가치관과 특색 없이 그만그만한 행사가 주는 따분함은 필경 축제로부터 발길을 돌리게 했다. '축제'라는 이름이 '대동제', '한마당' 등으로 바뀌었으나 내용의 근본적인 혁신은 미흡했다.

축제의 저변에는 '환각', '도취', '일탈' 같은 속성이 배어 있다. 고대 사육제로부터 오늘에 이르기까지 카니발, 페스티벌이라는 명칭이 주는 뉘앙스는 현실로부터의 도피나 탈출, 격정의 몰입 같은 분위기를 강조한다. 일상의 지배논리와 기존질서를 거부하려는 욕망이 그 태생적 배경이라면 일상의 규범과 형식이 개입하는 축제는 모호해지거나 매력을 잃어버린다.

1980~90년대 대학축제의 전반적 침체는 축제에 일상성과 소비구조가 개입된 것과 연관이 있을 것이다. 축제에 참가한 대학생들은 큰돈 들여 초대한 인기연예인에게 박수를 치는 수동적 관객에 머물러야 하고 그만그만한 행사내용에 식상해하면서 점차 발길을 돌렸다.

대학은 오랜 역사를 통해 현실에 이의를 제기하고 관례 순응과 지배 이데올로기에 저항하는 사명을 부여받았고, 껄끄럽고 소란스러운 과정을 거쳐 바로 그 '불협화음'을 통해 사회에 봉사하고 기여한다. 그렇다면 축제 역시 기성사회에 맞서 실험성 짙고 파격을 동반한 전향적 놀이문화를 선도해야 함에도 그렇지 못했다.

협찬이라는 이름으로 통신회사 이벤트, 음료시음회 등의 판촉행사 같은 기업체 광고현장이 되었고, 그 결과 지자체가 벌이는 크고 작은 지역축제 프로그램과의 변별성을 얻기에 역부족이었다. 잡상인이 몰려들고 행사가 끝난 뒤 쓰레기와 짓밟힌 잔디에는 허망함이 묻어났다.

대학 고유의 특성을 살리지 못한 채 학생들의 참여부진과 점점 형식화되는 행사내용 속에서 우리나라 대학축제는 결과적으로 공개 오락 프로그램에 머무를 수밖에 없었다.

기나긴 대학 역사와 문화를 형성한 유럽 여러 나라에서 대학축제가 없다는 사실은 시사하는 바가 크다. 축제뿐 아니라 입학식, 신입생 환영회, 오리엔테이션, M.T.,수학여행, 체육대회, 졸업생 환송회, 사은회 같은 우리나라 대학 풍속도를 그 어느 하나 찾아볼 수 없다. 등록한 뒤 강의받고 도서관에서 공부하고 시험 치르고 소정 학점을 취득하면 사무실에서 학위 증명서를 받아가면 된다.

그러므로 대학축제에 소요되는 예산도 수업결손도, 휴강이냐 아니냐를 둘러싼 소모적 논란도 없다. 그 대신 지역별로 어우러지는 축제, 동호인 차원의 취미활동 나아가 삶의 한순간 한순간을 축제로 연결하려는 현실향유 사고방식에서 오히려 다양한 즐거움이 솟아난다. 많은 비용과 노력을 들여 주최측이 판을 벌여놓지 않아도 각자 취향과 여건에 맞게 놀 줄 아는 감각과 본능이 거기 있다.

신명과 흥에 있어서 손꼽히는 우리 사회에는 아직 제대로 노는 법에 대한 진지한 반성이나 연구가 미흡하다. 관광버스에서 춤을 추고 야외에 나가 고기를 구워먹는 일이 대단한 놀이행태로 인식되는 현실에서 대학축제는 일정한 책무를 걸머지고 있다.

최근 들어 대학축제가 지역사회에 눈을 돌리고 적극적인 주민참여를 배려하는 한편, 지방 자치단체와의 협력 강화는 그러한 의미에서 매우 바람직하다. 상아탑의 전당, 최고학부라는 상투어는 급격한 대학인구의 팽창과 함께 의미를 잃어간다. 건전한 시민양성기관이 되어버린 대학이 최근 부쩍 심각해진 학생모집난에 봉착하여 대대적인 홍보를 펼쳐가는 현실에서 대학축제의 활용은 바람직한 대안의 하나로 떠오른다.

놀이문화의 정착이라는 명제 앞에 대학과 지역사회가 머리를 맞댄다면 예상외로 우리나라 유희문화는 크게 성장할 수 있다. 그리하여 이즈음 많은 대학들이 '지역민과 함께 하는 신 대학축제'를 표방하며 적극적인 사회접근을 시도하고 있다. 일부 대학은 기획단계에서부터 시(市)나 구(區)와 공동보조를 취하고 대학 캠퍼스 안에 국한하던 축제공간도 시민 속으로 파고들기 위해 시가지, 공공장소로 확대된다.

어느 대학의 행사 프로그램을 보자. 이 대학은 아예 '봉사' 자체를 기본취지로 삼고 있다. 김치 담그기 행사에서는 담은 김치를 노인복지회관에 전달하고, 노인대상 영정 촬영, 지역 내 부녀회와 연계하여 노인회관 방문과 식사대접, 공개방송 진행시 보호 청소년을 앞자리에 배려하는가 하면 관내 남자 어린이를 초청하여 지역 연고 축구스타와 교류하고, 지역내 여자 어린이를 초청하여 방송국 방문체험 및 방송인 진출안내와 같은 종래 대학축제 컨셉과는 차별되는 파격적인 내용으로 진행된다.

문화는 체험할수록 안목이 높아지고 욕구가 커지는 것이라면 대학이 지역과 함께 벌이는 축제는 일정거리를 사이에 두었던 관계를 좁히고 지역주민의 문화역량을 높여주는 데 기여할 수 있을 것이다.

며칠 동안 진행되는 행사 외에도 대학이 지역사회 문화수준을 끌어올리기 위한 방안은 여러 가지다. 이미 많은 대학들이 대학공간을 시민들에게 개방하고 있다. 각종 예식이나 모임을 위한 장소를 대여하고 특강이나 대학 동아리 공연 같은 문화행사에 시민들을 초청하고 도서관 이용 기회를 부여하는가 하면 운동장 개방 등은 이미 보편화되었다. 일부 대학에서는 '명예대학생'제도를 도입, 정규강의와 대학생활에 주민들을 유도하기도 하고 교수들의 특기를 살려 봉사하는 등 적극적이다.

대학이 추구하는 축제문화의 이상과 주민이 선호하는 방향과 내용의 차이는 존재한다. 대학축제 프로그램이 상업화되고 세속화되었다 하더라도, 또는 지역사회의 문화욕구가 대학의 이상에 접근한다 하더라도 둘 사이에는 여전히 간극이 있다.

우선 대학축제는 주체가 대학인 만큼 대학생들의 적극적인 참여가 선행해야 한다. 학생들은 보이지 않고 주민들만 몰려드는 대학행사 풍경은 지역과 대학의 화합이라는 취지만을 강변하기에는 설득력이 미흡하다. 대학축제는 어디까지나 학생이 주역이고 그 예산이 등록금으로 충당되는 만큼 구성원들이 무엇을 기대하고 선호하는가에 대한 객관적인 분석과 준비가 필요하다. 관심을 끌지 못하거나 한 두 곳 이벤트에 발길을 멈추게 하는 축제는 지역주민 역시 끌어들이기 힘겨울 것이다.

지역사회는 대학축제에서 무엇을 기대할까. 인기 연예인을 보기 위해, 불꽃놀이를 감상하러 또는 이러저러한 목적 등을 막론하고 그곳이 대학 캠퍼스임을 감안하고 참여한다면 해법은 의외로 가까운 곳에 있을 것이다.

문화전반의 패러다임이 바뀌면서 대학축제에 어떤 연예인이 나오느냐에 따라 참여도가 좌우되는 소비지향적 행태를 지양하고 생산적인 문화구조로 옮겨가고 있음은 고무적이다. 그리하여 대학문화가 단순히 대학내부에서 생성, 순환, 전파되는 것이라기보다는 이제 지역주민, 나아가 전 시민의 욕구를 충족시키면서 대학과 사회의 문화편차를 해소하고 이질감을 좁히는 시너지효과를 기대할 수 있다.

물론 아직도 '난장판 대학축제'는 존재한다. 대학 구성원이 아닌 일반 시민이 많이 끼기는 하지만 만취하여 인사불성으로 행패를 부리는가 하면 욕설과 주먹다짐도 눈에 띄고 전국 각 축제를 전전하는 잡상인들의 바가지 상혼도 줄어들지 않았다. 수업결손 우려 때문에 휴강을 하지 않아 참여도가 저조하다는 불평이 있는 반면에 휴강하면 아예 학교에 나오지 않으므로 강의진행이 오히려 축제 활성화에 도움이 된다는 주장도 만만치 않다. 극심한 취업난에 쫓겨 축제에는 관심조차 없는 학생들이 늘어가지만 주최측에서는 참여 저조를 질타한다.

　우리 사회 전반이 급격한 변화의 소용돌이에 휩싸이면서 대학축제 역시 여러 상반된 시각과 요구가 공존하는 과도기에 처한 이즈음이다. 학생과 지역주민의 참여확대와 최대한의 개방, 건전한 대학문화 정립을 위한 고민과 실험, 나름대로의 재미와 함께 생산적 미래를 지향하려는 노력은 축제문화의 전망을 밝게 한다.

　대학축제의 지향점은 기성 유희문화와 같은 궤도를 달려서는 안 된다. 그것은 모름지기 당대 질서에 대한 근본적인 비판과 대안제시다. 방법과 경로는 다르더라도 대학축제를 통해 희망하는 공동선은 자기정화와 구체적인 생활문화감각 습득이 아닐까. 그것은 대학이 지역사회에 제공하는 최소한의 기여이기도 하다.

대학 도서관 개방, 확대하자

최근 대학들이 디지털 도서관을 개관하고 시민 모두에게 무료개방하기로 한 조치는 반가운 일이다. 대학의 지역사회 봉사라는 측면에서도 그러하거니와 날로 치열해지는 대학간 경쟁과 학생 확보, 그리고 대학 이미지 제고 측면에서도 바람직하다.

원론적으로 말하면 이는 대학에 앞서 국가나 지방자치단체가 주민 삶의 질 향상을 위해 마땅히 해야 할 과제를 대학이 떠맡은 셈이다. 도서관은 중요한 사회간접자본의 하나일 뿐더러 국가경쟁력 강화를 위해서도 그 확충, 선진화 필요성은 절실하다. 예산부족으로 도서관 건물과 시설 등 하드웨어 구축은 물론이고 운영인력 확보와 소장 자료를 늘려가는 어려움은 어제 오늘의 일이 아니다. 더구나 이미 지식기반사회가 도래했음에도 여전히 도서관 본래의 기능보다는 수험생의 독서실로 이용되는 현실에서 우리 사회 도서관 문화의 어두운 그림자를 본다.

인구대비 적정 도서관 수를 거론하는 것은 해당분야 예산을 감안할 때 사실상 무의미한 일이다. 문화의 시대에 접어들었다고는 하지만 피부로 느끼는 현실은 크게 나아진 것이 없다. 결국 가능한 대안의 하나는 대학 등 교육기관과 기업, 단체가 보유한 시설과 자료를 사회와 공유하면서 주민들의 지적욕구를 충족시키는 길로 모아진다.

지금까지 여러 대학에서 비록 제한적이기는 하지만 주민에게 도서관을 개방하고 있지만 앞으로 더욱 전향적인 확대가 필요하다. 직장 재직증명서를 제출하거나 주부, 무직자의 경우 인근 공공도서관에서 회원증을 발급받아 오면 도서관 이용이 가능한 대학이 있는가 하면 출입단계에서부터 구성원 이외의 인사에게는 통제를 가하는 경우에 이르기까지 지역주민의 대학 도서관 이용에는 아직 걸림돌이 많다.

단순한 자유열람, 대출, 정보검색은 물론이고 주민대상 무료 교양강좌, 단기강습 등 보다 자유롭고 편리한 도서관 이용 시스템 구축이 바람직하다. 대학 도서관 개방에 따른 이러저러한 번거로움과 부작용은 그 기대효과에 비해 미미하다.

대학이 문을 활짝 열고 지역사회에 밀착하려는 의지를 강화할 때 대학의 활성화는 물론 시민들의 삶의 질 향상을 통한 국가경쟁력 확보라는 바람직한 동반자 관계 형성이 가능하다고 본다.

대학생 아르바이트에 관심 갖자

방학에 접어들어도 대학가는 극심한 경제침체를 반영하듯 취업난에 대비한 면학열기가 뜨겁다. 해마다 이맘때 몰려나가는 배낭여행 인구도 크게 줄어든 반면 아르바이트 자리를 구하려는 대학생들이 크게 늘었다. 학비나 용돈을 보태고 사회체험을 통한 견문확대 차원에서 아르바이트의 기대효과는 일단 긍정적이다. 현실적으로 가정이나 학교를 막론하고 아직 실물경제교육이 미흡한 만큼 대학생들이 삶의 현장에서 땀 흘리며 얻는 수입이야말로 소중한 경제체험이 되기 때문이다.

아르바이트 종류 역시 점차 더욱 다양해지고 있다. 관공서, 기업체 사무보조 같은 내근직은 이미 몇 달 전 치열한 경쟁 속에 선발되었고 공사현장, 판촉, 배달, 그리고 식당근무 같이 육체적 노력이 앞서는 직종 얻기도 그리 수월치 않다. 우리 사회는 아직 젊은이들의 아르바이트나 사회체험에 그리 큰 관심을 보이지 않고 있으며 노력에 비해 보수역시 턱없이 낮은 경우가 허다하다.

그 결과 많은 대학생, 특히 여대생들이 유흥업소 아르바이트로 진출하여 이러저러한 문제를 야기하고 있다. 편의점 근무나 여타 접객업소 서빙 등에 비해 단시간에 높은 수입을 올릴 수 있고 사회 전반에 팽배한 퇴행적 향락분위기에 편승하여 별다른 고민 없이 뛰어들고 있다. 노래방 도우미를 비롯하여 유흥업소 종업원, 그리고 극소수이긴 하지만 더 퇴폐적이고 비윤리적인 업종에 이르기까지 대학생 아르바이트 업종 확산은 놀랄 만하다.

성인인 대학생의 아르바이트 선택을 제한할 수는 없다. 스스로의 판단에 의한 선택과 그 결과를 함께 감당하면 되기 때문이다. 그러나 시대가 변화하고 의식 역시 크게 바뀌고 있다지만 대학생의 유흥업소 종사는 결코 바람직하지 않다는 게 우리의 생각이다. 가혹한 육체적 정신적 대가 없이 번 돈은 그 또한 유흥비나 무의미한 지출로 소비되기 쉽고 배움의 길에 있는 대학생들이 기성세대들의 음습한 향락문화, 성 개방 풍조에 너무 일찍 노출되는 것 역시 옳은 일이 아니다. 가정, 사회, 국가 모두 대학생 아르바이트에 관심을 갖고 더 많은 건전한 일자리 창출을 위한 제도적 장치를 마련하는 것이 유일한 대안이다.

대졸 취업난, 출구는 없는가

본격적인 취업시즌이 시작되었지만 기업의 채용계획이 거의 없어 극심한 불황의 골을 그대로 보여주고 있다. 졸업을 앞둔 4학년은 물론이려니와 취업 재수생을 포함한 청년실업은 이미 큰 사회문제로 대두되고 있다. 지역 일부업체에서 비록 소규모나마 신입사원을 채용하여 숨통튼 것을 반겨야 하는 실정이다.

경기침체로 인한 기업체의 채용기피를 탓할 수만은 없다. 신규채용을 억제하고 자체 구조조정을 통한 인력활용의 효율성을 높이는 추세가 당분간 지속될 전망이어서 특단의 대책이 없다면 청년실업은 사회문제로 비화되고 사회불안요소로 증폭될 수 있다.

대학정원을 대책없이 부풀려놓은 결과 고급인력이 양산된 것도 그러하고 현장감 없는 대학교육의 구조적 부실도 간과할 수 없다. 2년 또는 4년을 공부하고도 실무현장에서 처음부터 다시 습득해야 하는 비효율성도 기업들이 선뜻 신입사원 채용에 나서기를 꺼리는 이유 중 하나다.

그렇다고 모든 대학이 취업준비 기관이 되라는 이야기는 아니다. 시대상황이 변하고 대학의 위상, 기대치가 바뀌는 추세를 반영하여 보다 발빠르게 대처하지 못한 책임은 일단 대학에 있다. 정부 역시 일자리 창출을 공언하고 있지만 피부로 느끼는 실물감은 요원하다. 지역인재 할당제 같은 바람직한 정책도 철저한 시행, 감독과 구미를 당기게 하는 인센티브 제공 없이는 성과 도출이 힘들다. 서울-수도권과 지방대학 출신을 가르는 기업체의 고정관념은 언제까지 계속될 것인가. 지원서 학력란 삭제, 응모연령제한 폐지 등 여러 방안이 나왔지만 모두 실효는 미미했다.

취업 희망자들에게는 문제가 없는가. 현실감각 없이 자부심에 가득 찬 눈높이를 견지하고 극심한 경쟁시대에 자생력, 변별력 확보를 게을리하거나 자극없는 우물안 개구리 시야에 계속 안주한다면 불행하게도 취업을 위한 해법은 없다.

대학졸업 학력은 이제 더 이상 최고학부가 아니다. 대학은 이제 대중교양교육기관이 되었다. 빈틈없는 정보입수와 활용으로 경쟁력을 최대한 키우면서 눈높이를 조금 더 낮추자. 그리고 어려운 시기, 인내심을 가지고 기회와 틈새를 노릴 것을 권한다. 일보전진을 위한 이보후퇴는 결코 부끄러운 일이 아니다.

지역대학, 어디로 가야 하나

새학기는 다가오는데 정원을 채우지 못한 대부분의 대학에는 비상이 걸려 있다. 숱하게 바뀌어왔으나 아직까지 전혀 합리적이지 못한 대학입시제도는 수험생의 자유로운 선택권이나 효율적인 학생선발 그 어느 것도 충족시키지 못하고 있다. 그 사이 대학학력의 하향평준화는 깊어진다. 점차 황폐의 길로 접어든다.

입학을 포기하면 등록금을 환불하도록 한 조치는 특히 비교육적이다. 자신의 삶을 결정지을 지도 모르는 대학선택의 길을 흡사 가게에서 물건 바꾸고 돈을 돌려받듯 손쉽게 터놓은 것이 과연 잘한 일일까. 선택의 기회를 늘린다는 명분에도 불구하고 고등교육기관인 대학의 모양새나 권위는 차치하고라도 첫발을 내딛는 학생들이 대학을 바라보는 시각이 염려스럽다.

교육부총리가 앞장서서 대학의 실용화, 취업준비기관화를 외치는 것도 그렇다. 광복 후 오늘의 대학교육제도가 시작되었을 때부터 취업준비는 대학의 주요기능 중 하나였고 지금까지 대학별 편차는 있지만 나름대로 성의껏 대처해 온 것이 사실이다.

우리 사회의 획일성, 흑백논리가 이제 대학사회에 깊숙이 스며들어 각기 개성과 취향, 의식과 목표가 다른 학생들을 모조리 취업준비생으로 몰고 가는 이즈음이다. 전공에 따라서는 실용화나 계량화, 취업대책에 그리 적합하지 않을 수도 있고 각 대학 나름의 창학이념이나 교육목표가 존재한다. 대학종합평가에서는 이 대목을 특히 강조하여 대학의 고유한 변별력을 중점 체크하면서도 결국은 그만그만한 취업생 양성소로 유도하는 모순이 거기 있다.

이런 사회의 요구로부터 대학은 자유로울 수 없다. 특히 앞으로는 학생 충원율, 교수확보율, 취업률 같은 정량지표를 공개하여 수험생의 선택권을 강화한다는 방침이고 보면 더욱 그렇다. 그러나 대학졸업생 취업률만큼 허수가 지배하는 경우도 흔치 않다. 조사기관, 시점이나 방법도 그러하고 어디까지를 '취업'으로 보느냐에 대한 합의조차 아직 없다.

대학 간의 경쟁은 시장원리에 맡겨 자유경쟁체제로 유도하는 것이 바람직하다. 부실한 교육, 허약한 교수진, 성의 없는 취업준비, 튼실하지 못한 경영구조는 재학생과 학부모가 먼저 알고 외면할 것이기 때문이다. 정부에서 앞질러 몇 년 내 얼마 가량의 대학이 문을 닫을 것이라는 등의 성급한 예측은 무슨 도움이 될까. 알량한 재정지원을 앞세운 경고의 차원이라고 보기에도 졸렬하다. 지금 발등에 불이 떨어진 대학 스스로 자구책 마련에 나서고 있지 않은가.

오랜 세월 드높은 교육열에 힘입어 방만하게 외형 부풀리기에 골몰해 온 대학들이 겪는 위기상황은 곧 우리 사회 전반의 불안정과 연결된다. 특히 어려운 여건에서도 견실한 인재를 배출해 온 지역대학들의 곤경은 지역사회가 힘을 합하여 극복할 과제다. 서울과 수도권으로 쏠리는 학생을 적정분산하고 명실상부한 지역밀착형 인재를 길러내는 경쟁력을 갖출 때다. 기형적인 중앙집중구조가 단기간에 해소될 전망은 밝지 않다. 수도권에 위치하고 있다는 이유로 부실한 대학들이 호황을 누리는 현실만 탓하고 있을 수 없다.

순망치한(脣亡齒寒), 어느 지역 대학이 곤경에 처하면 다른 대학들도 머잖아 어려움을 겪을 것은 자명하다. 우선 불필요한 과당홍보경쟁이나 제살 깎기 지출을 자제하고 불가피한 대세인 대학통합, 연합, 제휴 같은 상생의 지혜에 무릎을 맞대고 지역사회도 더 큰 관심을 보여야겠다.

대학축제, 지역사회와 함께 즐겨라

5월 들어 대학축제가 한창이다. 대학축제 무용론에 대한 논의가 어제 오늘일이 아니지만 나날이 높아가는 개인주의 성향과 희박해지는 공동체 의식은 축제현장을 더욱 썰렁하게 만들고 있다. 축제집행측인 각 대학 총학생회에서는 아이디어를 짜내고 창의력을 발휘하여 프로그램을 준비하지만 축제 행사장 안팎의 한산한 정경은 오늘 우리 대학축제의 현실을 말해주고 있다.

점차 높아가는 개인주의 의식속에서 '더불어 함께'보다는 '혼자서 오붓하게'를 선호하는 젊은 세대의 변화된 가치관과 함께 특색없고 진부한 행사가 필경 축제로부터 발길을 돌리게 만들지는 않는가. 오래전에 '축제'라는 이름이 '대동제', '한마당'등으로 바뀌었으나 내용의 근본적인 혁신은 아직 미흡하다.

신명과 흥을 각별히 꼽는 우리사회에 아직 제대로 노는 법에 대한 진지한 반성이나 연구나 없음은 아이러니하다. 관광버스에서 춤을 추고 야외에 나가 고기를 구워먹는 일이 아직 대단한 놀이행태로 인식되는 현실에서 대학축제는 일정한 책무를 걸머지고 있다. 근래에 들어 여러 대학축제가 지역사회에 눈을 돌리고 적극적인 주민참여를 배려하는 한편, 지방 자치단체와의 협력강화는 매우 바람직하다. 이른바 상아탑의 전당, 최고학부라는 상투어는 대학인구의 팽창과 함께 의미를 잃고 있다. 시민양성 대중기관이 되어 버린 대학이 근래 들어 부쩍 심각해진 학생모집난에 봉착하여 대대적인 홍보를 펼쳐 가는 현실에서 대학축제의 활용은 바람직한 대안의 하나가 된다.

문화가 체험할수록 안목이 높아지고 욕구가 증대되는 것이라면 대학이 지역과 함께 벌이는 축제는 일정 거리가 사이에 놓였던 관계를 좁히고 지역주민의 문화의식을 이끄는데 기여할 수 있다. 이미 많은 대학들이 대학공간을 시민들에게 개방하고 있다. 각종 예식이나 모임을 위한 장소를 대여하고 특강이나 대학 동아리 공연 같은 문화행사에 시민들을 초청하고 도서관 이용기회를 부여하는가 하면 운동장 개방 등은 이미 보편화 되었다.

대학축제는 기성 유희문화와 같은 궤도를 달려서는 안된다. 그것은 모름지기 당대 질서에 대한 근본적인 비판과 대안제시로 구체화 되어야 한다. 방법과 경로는 다르더라도 대학축제를 통하여 희망하는 공동선은 자기정화와 구체적인 생활문화감각 습득이 되어야 하기 때문이다. 이를 통하여 대학은 지역사회에 최소한의 기여와 봉사를 하기 바란다.

기본을 지키는 대학이 살아남는다

정시모집 원서접수를 마감한 각 대학들의 신입생 선발작업이 한창이다. 수시모집을 통하여 어느 정도 학생들을 확보한 대학은 그래도 다소 느긋하겠지만 수시모집이 신통치 못한 경우 긴장은 배가된다. 공들여 선발을 마쳤다하더라도 여러 대학 복수지원이 가능한 현행제도 아래서는 2월 말, 3월 초가 되어야 최종 등록자가 확정되므로 입시 당당자들로서는 두달 간 피마르는 나날이 계속된다. 그 스트레스와 긴장, 피로감은 겪어보지 않은 사람들은 모를 일이다. 대학등록을 마트에서 물건 환불받듯이 바꿀 수 있는 지금의 대입제도가 과연 교육수요자의 선택권을 보장한다는 대의명분에 적합하고 실제 효과면에서 소득이 있는지 이제는 냉정하게 평가해야 할 시점에 이르렀다. 공들여 뽑아놓은 학생들이 등록금을 되돌려받고 돌아서는 뒷모습을 바라보는 입시 담당자들의 허탈속에 우리나라 입시현실의 구조적 모순이 드러난다. 실제로 피부에 와닿는 대학진학 인구의 격감, 나날이 정도를 더해가는 서울과 수도권 대학들의 무차별적인 물량, 파상공세로 인한 수험생 동

요와 이탈 등도 그러하고 몇몇 특정전공으로 쏠리는 학생들의 선호도 편중 또한 해결 과제이다.

오랜 경기침체에 따른 경제적 어려움은 대학이나 학부모 모두에게 부담이다. 등록금 이외에 생활비 등의 지출로 서울, 수도권 진학을 망설이는가하면 대학 지명도와 외지를 선호하는 십대들의 정서로 지역이탈 현상 또한 만만치 않아 올 대학입시 등록율은 예측이 어려운 혼전을 보일 전망이다. 각 대학 나름대로 머리를 짜낸 수험생 유치 전략전술의 특성화는 이즈음 대학생존을 위한 중요한 과제가 되었다. 만시지탄이 있지만 올해부터는 1학기 수시모집 폐지결정은 다행스럽다. 그동안 학기 중 수시모집으로 사실상 연중 입시체제에 돌입한 대학의 피로감과 입시홍보예산의 과다한 지출, 대학 전 구성원의 입시홍보요원화는 본연의 교육, 연구 기능저하로 연결되어 결국 대학경쟁력 확보에 큰 장애물이 될 수 있었다.

특히 얼마전 시작된 인터넷을 통한 각 대학별 정보공개는 빈익빈 부익부의 악순환이 가중될 개연성이 높다. 교육당국으로서는 전가의 보도처럼 교육수요자의 알 권리 보장이라는 명분을 내세우지만 객관적이고 철저한 검증이 제도적으로 수반되지 않는 대학 지표 공개는 자칫 공허한 숫자놀음과 일부 정직하지 못한 대학들의 허수남발로 이어져 본래의 취지를 퇴색시킬 수 있다. 교수 확보율, 교수 연구실적, 졸업생 취업률 같은 통계는 그런대로 의미가 있다하더라도 처우기준과 개인별 경력, 재정여건이 다른 각 대학의 교수봉급 실태까지 공개하라는 요구는 정보공개 자체의 취지와 실효성에 의문을 갖게한다. 제품이나 서비스를 구입하면서 해당회사 임직원의 보수를 알려하는 것과 다름없는 까닭이다. 우리 지역대학들이 원활한 학생확보로 안정적인 기반을 구축하고 수준높은 교육을 펼치기 위해서는 서울과 수도권 지역 대학들이 따라오기 힘든 특성화 전략, 그리고 학생들이 지역에서 공부할 때의 이점과 매력을 명시적으로 밝혀야 한다.

그것은 기업체를 모방한 요란한 과대광고로는 불가능하다. 겉만 번듯한 건물규모, 활짝 웃는 총장과 준수한 용모의 재학생 모델, 매스컴 유명세를 타는 교수 몇 명의 확보에 있지 않다. 이미 임계점에 다다른 대학의 양적 팽창으로 인한 교육의 질적 저하와 쉽게 학점을 취득하면서 편하게 대학을 졸업하려는 심리에 영합하는 비교육적 학교운영을 배제하는 일이 우선이다. 대학교육의 본질 고수와 양심적이고 투명한 경영으로 지역사회의 신뢰를 얻고 밀착하는데 있다. 경쟁력 확보와 특성화를 위한 최소한의 정부 지원이나 기회제공없이 대책없는 무한경쟁으로 내몰리지 않았던가. 우리나라 대학은 이미 시작된 경쟁 레이스를 거치면서 적자생존과 자연도태의 길로 들어설 것이다.

각 지역이 확보한 잇점과 도시 분위기를 십분 활용하고 교육기관으로서 지녀야 할 기본에 충실하면서 각기 특화된 대학 잠재력을 경쟁력으로 연결할 때가 아닌가 싶다. 서울이나 서울에 근접한 위치 하나만으로 아직은 방만한 수도권 대학들의 불투명한 장래와 어느새 고단한 쇠락의 길로 접어든 지역 대학들의 경우를 유심히 지켜보자. 어려워도 의연하게 '기본'에 충실한 대학들의 상생을 위한 선의의 경쟁이 그래서 필요한 것이다.

제4부

지구촌 문화현장 리포트

100년 전 파리 산책 – 자유와 낭만의 공간을 걷다

런던이 2012년 하계 올림픽 개최지로 결정되자 프랑스의 낙담과 침통한 분위기는 자못 심각하였다. 뉴욕, 모스크바, 마드리드로 넘어간 것보다 몇 배 더한 아쉬움과 착잡함이 엇갈렸다. 발표 즉시 런던의 개최를 축하한다는 의례적 성명을 발표했지만 그 속마음을 누가 짐작하지 못할 것인가. 근대 올림픽 주도국으로, 월드컵 경기의 진원지로 스포츠에 관한 한 남다른 자부심을 갖고 있던 프랑스로서는 특히 영국으로 개최권을 넘긴데 크게 마음 상했을 것은 자명하다.

중세이후 프랑스와 영국은 끊임없는 갈등과 대립구도 속에서 역사의 마디마디를 장식해왔다. 잔 다르크로 표상되는 100년 전쟁의 기나긴 참화의 기록도 그러하거니와 이후 왕위계승을 둘러싼 영토분쟁의 경우는 물론 최근 유럽연합 주도권을 놓고 벌이는 유, 무형의 경쟁도 같은 맥락에 속한다. 국민들의 일상 관용표현에서도 두 나라에서는 상대방을 은근히 비하, 조롱하는 어법들이 허다하고 민족 자존심 차원에서도 독특한 대결양상을 보여 왔다.

올림픽의 대륙 순환개최 관례에 따라 프랑스가 언제 다시 올림픽 개최지가 될지 알 수 없다. 유력한 개최지로 꼽히던 파리가 교통체증, 경기장 시설미비 등 여러 불리한 조건의 런던에 막판에 밀린 과정과 내막을 되짚어 본다면 이즈음 유럽 여러 나라들이 벌이는 각축 속에서 '함께, 그리고 따로'라는 자존, 자구노력의 흐름을 어렵잖게 짚어낼 수 있다. 공통의 목적을 위하여 대승적으로는 뭉치려 하지만 아직 나라마다 형편과 사정이 다르고 각국 정부의 발 빠른 행보를 따라오지 못하는 국민들의 신중함과 염려가 거기에 보태진다.

얼마 전 스페인, 프랑스와 네덜란드에서 유럽헌법이 부결된 것도 이 범주를 벗어나지 않는다. 원칙적으로는 유럽의 결속과 공동보조에 동의하지만 피부로 느끼는 걱정, 즉 프랑스의 경우 값싼 동 유럽 노동력과 상품이 대거 몰려와 그렇지 않아도 10%대를 넘는 실업률을 부채질하지 않을까하는 우려가 그것이고 민족 고유문화의 퇴색과 소멸을 걱정하는가 하면 장기집권 정부에 대한 불만도 한몫 거들고 있다. 요컨대 요즘 프랑스는 국론분열이라는 어려움에 직면해있다. 개성이 강하고 자신의 주장을 거리낌 없이 피력하는 기술이 특출한 프랑스 국민들로서 의견대립과 절충, 타협은 오랜 역사를 통하여 익숙했던 사안이었지만 지금의 경우 보다 실제적이고 피부에 와 닿는 논점이라는 점에서 주목할만하다.

19세기 말과 20세기 초에도 프랑스는 이른바 드레퓌스 사건을 계기로 극심한 국론분열과 구성원간의 갈등이라는 내홍을 겪었다. 유태계 육군대위 드레퓌스가 국가기밀 유출이라는 무고한 누명을 쓰고 체포되어 투옥되었을 때 프랑스는 드레퓌스 옹호파와 반대파로 갈려 심각한 분열양상에 직면해 있었다. 작가 에밀 졸라를 비롯한 양심적인 지식인들의 끈질긴 구명운동과 진실규명 노력으로 드레퓌스 대위는 결국

무죄판결로 복권되었지만 신문과 그림, 특히 만화는 당시 프랑스 사회의 갈등과 대립의 첨예함을 보여준다. 그럴듯하게 차려입고 여유 있게 파티나 행사를 시작하지만 화제가 드레퓌스 사건에 이르면 돌연 살벌하고 적대감이 충만한 아수라장으로 변하여 결국 치고받는 육탄전으로 마감된다는 이 시기 만화는 19세기말 외면적으로는 번성과 화려함을 누렸던 프랑스 사회의 한 꺼풀 속 이면을 보여준다.

중세이후 프랑스는 공교롭게도 한 세기가 끝날 때마다 전쟁이나 여기에 버금가는 사회변혁을 겪어왔다. 중세 말에는 영국과의 100년 전쟁으로 국토가 초토화되어 승자도 패자도 없는 결말을 보았다. 16세기의 경우 개신교와 가톨릭사이의 종교전쟁으로 또 한번의 살육과 광기의 세기말을 보낸다. 17세기가 끝날 무렵에는 절대군주로 군림하던 루이 14세가 죽음으로써 프랑스 사회는 거대한 지각변동을 경험하였다. 18세기 말에 이르러 프랑스 대혁명으로 왕정이 몰락하고 비로소 근대 시민사회의 문이 열린다. 19세기 말의 평화와 번성은 그러므로 극히 예외적인 사례로 물질문명과 기술의 발달로 삶의 즐거움을 누리고 외형적인 번영을 구가한다. 전략, 전술에 서툴지만 곧잘 전쟁에 뛰어들어 예상된 패배로 몰려가는 프랑스에서는 1870년 역시 치욕의 항복으로 막을 내린 보불전쟁의 상처가 어느 정도 치유되고 있었다. 파리 만국박람회로 상징되는 이 시기의 번영은 '벨 에포크', 즉 황금시대라는 이름으로 삶의 즐거움, 현실향유의 의식을 심화시켰다. 머지않아 다가올 제1차 세계대전의 검은 그림자를 아직 느끼지 못하면서 프랑스와 유럽은 그렇게 일상의 감각적 쾌락에 도취하고 날로 발전하는 기계문명의 안락함속으로 몸을 깊게 파묻고 있었다.

파리는 그러므로 이 시기 시끌벅적하고 역동적이면서도 그 화려한 광경 너머에 배어있는 삶의 고단함을 입체적으로 보여준다. 건물 개보수와 경관변모에 지극히 엄격한 파리의 모습은 19세기말이나 21세기 벽두인 지금 별로 달라지지 않았다. 마차가 다니던 길에 자동차가 움직이고 돌을 박아 넣은 보도 일부가 콘크리트로 바뀌었고 라 데팡스나 중국인 밀집지구 같은 특정 지역의 고층빌딩 등을 예외로 한다면 1889년 파리 엑스포 시절의 모습을 온전하게 그대로 담고 있다.

거기에는 우선 파리가 확보한 지리학적 위치의 이상적 여건이 한 몫 거든다. 센 강이 12킬로미터에 걸쳐 파리 시내를 관통하고 자연스럽게 센 강 좌안과 우안을 갈라놓는다. 지금은 구분이 많이 희석되었지만 센 강 흐름을 따라 오른쪽인 강북지역은 경제, 행정, 정치 강남지역은 문화, 예술, 학문 활동이 왕성하여 도시 기능을 적절하게 균형 잡아준다. 시테 섬, 생 루이 섬 같은 센 강 한복판에 섬도 2개나 있고 37개의 다리, 제법 긴 둑이 놓였는가 하면 운하와 더불어 파리는 프랑스 제1의 江항구이며 유람선 항구의 기능도 겸한다. 가장 높은 곳이라야 해발 120미터의 몽마르트르 언덕이고 곳곳의 녹지공간, 불로뉴와 뱅센의 거대한 숲과 50만 그루의 나무로 파리는 그런대로 쾌적하다. 그러나 파리의 교통혼잡과 공해, 답답한 도시환경을 폄하하는 일부 인사들은 '오토-메트로-불로-도도' 즉 '자동차-지하철-일터-잠'을 의미하는 모음반복의 어휘나열로 파리의 고단한 일상을 비꼰다.

파리 엑스포를 기념하는 조형물로 설치했던 에펠탑은 행사 후 철거 예정이었다는데 그대로 둔 결과 지금은 파리, 프랑스를 상징하는 랜드마크이자 중요한 관광수입원이 되고 있다. 공사 진행 당시 아름다운 파리의 스카이 라인을 해친다는 이유로 끊이지 않았던 반대시위와 폭파 위협에도 불구하고 귀스타브 에펠은 2년 2개월의 공사기간에 1만 8,038개의 철제부품으로 10만 톤짜리 거대한 구조물을 아무 사고 없이 완성시켰다. 그 후 100여 년간 에펠탑은 건재하다. 성당을 비롯한 유명

기념물이 대체로 돌로 만들어 졌지만 에펠은 쇠붙이로 탑을 세우려 하였다. 철이 석재보다 가볍고 스스로의 하중으로 인하여 무너질 염려가 없다는 발상에서 비롯된 것이다. 1889년 파리 엑스포가 끝나고 에펠탑이 철거되었더라면 파리의 역사는 다시 쓰여 졌을지도 모를 일이다.

파리는 긴장과 여유를 함께 지닌 도시이다. 앞에서 언급한 것처럼 꽉 짜여 팽팽한 일상과 대도시의 번잡함이 주는 긴장과 더불어 곳곳에 배치된 사소한 편의와 감각에서 여유와 넉넉함이 우러난다. 파리의 이러한 모습은 오스만 남작이라는 인물을 떠오르게 한다. 제2공화국 대통령으로 당선된 지 얼마안되어 쿠데타를 일으켜 스스로 황제에 즉위한 루이 나폴레옹 (나폴레옹 3세)은 집안 아저씨뻘인 보나파르트 나폴레옹, 즉 나폴레옹 1세의 야망과 집권 시나리오를 충실하게 따랐고 그 결과 보불전쟁에서 패배하여 왕위에서 물러날 때까지 18년간 제2제정을 이끌었다. 결단력과 자신감에 넘쳐있던 오스만을 발탁한 것은 나폴레옹 3세였다. 제2제정 기간동안 계속된 파리 도시 개조작업의 주도적 역할을 그에게 맡긴다. 파리는 이때 오늘 우리가 보는 모습으로 면모를 일신한다. 오스만에 대한 평가는 예나 지금이나 엇갈린다. 19세기 중반 파리는 나름대로 품위와 조화를 유지했었고, 프랑스 혁명시기의 참화로부터 견뎌낸 고 건축물들이 오히려 평화 시에 파괴되었다는 사실에 사람들은 가슴아파하였다. 여기서 오스만에 대한 부정적 시각이 출발한다. 불도저식으로 밀어붙인 오스만의 파리개혁 작업의 그늘에서 아련한 역사의 자취는 근대도시 울타리 안으로 편입될 수 밖에 없었다.

반면 오스만은 파리 주변도시들을 합병하고 좁고 구질구질한 시가지를 정비, 폭넓은 대로를 건설했고 난마처럼 얽힌 파리의 뒷골목과 빈민 주거지역, 소규모 영세상인과 점포를 파리외곽으로 몰아내면서 바야흐로 파리는 현대도시로 탈바꿈할 수 있었다는 주장도 만만치 않다.

그 시절 파리 시가지는 프랑스 소설가 발자크가 '인간희극'에서 묘사한 그런 모습이 아니다. 좁은 거리, 희미한 가로등, 마차 정도가 지나다니기에도 그다지 여유롭지 않은 굽은 가로는 이 시기 소설가나 시인들의 상상력과 감수성을 자극하기에 좋은 낭만적 경관과 분위기를 제공했다. 발자크가 '고리오 영감'에서 세세하게 묘사했던 보케르 하숙집의 주변 환경과 우중충한 분위기는 더 이상 찾기 어려워졌다. 빅토르위고의 '레 미제라블'에서 실감나게 그려낸 파리 곳곳의 정경도 많은경우 실물감을 잃게 된 것이다. 낭만파 시인 네르발이 정신 병원퇴원후 파리를 방황하면서 환영에 시달리는 궁핍한 시기를 보내다가 1855년 1월 파리 중심부 샤틀레 비에이유 랑테른 거리 계단철책에 목매어목숨을 끊은 것도 오스만의 개조 이전의 파리였다. 파리 한복판임에도외지고 을씨년스러운 분위기에서 세상이 알아주지 않는 천재시인은그렇게 죽어갔다. 자살 전날 네르발이 숙모에게 남긴 유서쪽지에는 다음과 같이 적혀 있었다. "오늘 저녁 기다리지 마세요. 밤이 하얗고 검을테니까요." 하얗고 검은 밤, 시인의 묘사한 당시 파리의 모습은 그러했을 것이다.

더러는 오스만이 파리 개조작업에 박차를 가하지 않았다면 예전의파리는 완전히 파괴되었을 것이라고 생각하기도 한다. 파리 근대화 작업을 미루다가 도도한 물질문명의 물결 앞에 허둥지둥 도시 개조작업이 이루어졌다면 파리는 다양한 현대식 빌딩이 들어섰을지언정 운치나 개성이 사라진 그저 그렇고 그런 도시로 바뀌었을 것이라는 견해가설득력을 얻는다. 굽은 길을 곧게 펴서 대로를 만들어 곧 다가올 자동차 시대에 대비한 오스만 남작의 안목은 전직 파리 경찰국장이라는 그의 직함과 별로 어울리지 않는다. 19세기동안 끊이지 않았던 크고 작은반란과 혁명에 이용될 도시 거점, 도피은닉이나 모의에 적합한 후미진 건축물과 공간을 없애고 근대적 도시개조를 추진한 이유가 경찰로서의 경험이나 본능적 고정관념에서 비롯되었다는 부정적 시각도 있다. 그러나 생전에 경험한 무수한 공격 그리고 죽은 지 100년이 넘은 지금에도 이어지는 칭송과 폄하의 엇갈린 평가 속에서도 오스만의 업적은 상찬할만하다. 중세 고 건축물 보호에 노력했고 옛 파리의 품격과 전통을 보존하는 마레지구 등에서 그의 의지는 아직 살아 숨쉬는 듯하다.

프랑스 크고 작은 도시 대부분에 노트르담 성당이 있다. 파리처럼 '노트르담 드 파리'라는 명칭으로 노트르담 다음에 도시 이름이 붙곤 한다. 가장 크고 역사가 오랜 성당에 붙이는 이름답게 노트르담은 프랑스 교회역사를 함축하면서 거기에 얽힌 숱한 에피소드로 시대를 넘어 살아 남고 있다. 전형적인 건축 양식을 보여주는 건축사와 미학 측면에서도 그러하지만 노트르담의 매력은 한 권의 소설로 인하여 빛을 더한다. 빅토르 위고의 '파리의 노트르 담', 우리말 번역으로는 대개 '노트르담의 곱추'로 옮겨지는데 막상 소설을 꼼꼼하게 읽어보지 않은 사람이라 하더라도 대강의 줄거리와 주인공들의 인상을 머리에 담고 바라보는 성당의 면면은 한층 각별하다. 성당 광장에 앉아 있으면 집시 여인 에스메랄다의 정열적인 춤사위가 펼쳐지는 듯하고 저 위쪽 종탑에서는 곱추 종지기 카지모도가 울리는 웅장한 종소리가 귓가를 스쳐온다. 중세가 끝나가는 15세기 말엽 어수선한 파리 시가지의 모습과 인간 영혼에 자리 잡은 욕망과 순수, 신성과 악마성의 양면을 격정적으로 풀어나간 위고의 메시지는 허구의 가공인물들에게 영원한 생명력을 불어넣어 주었다. '레 미제라블'의 장 발장이 그러하듯 '파리의 노트르담'의 카지모도와 에스메랄다 그리고 프롤로 부주교는 시간과 공간을 뛰어넘어 이러저러한 인간상의 전형으로 자리매김 되었다.

우리나라는 을지로, 충무로, 퇴계로 등이 대표적인 고유명사 지명이

지만 프랑스의 경우 거의 모든 길 이름과 기차, 전철역 그리고 대학이
름에도 국내외 인사, 지역명과 역사상의 연대기와 날짜 그리고 이런저
런 사연을 담은 고유명사를 붙이는 경우가 적지 않다. 개통 100여년의
파리 지하철 1호선만 하더라도 미국 대통령 프랭클린 루즈벨트 역과
영국 왕 조지 5세 역이 샹젤리제 거리에 있다. 드 골, 퐁피두, 미테랑 같
은 전직 대통령 이름은 도처에서 쓰이고 잔 다르크, 모차르트, 케네디,
처칠, 스탈린, 가리발디, 콜럼버스 등 역사상 중요인물들이 길 이름을
장식한다. 그러나 시청, 역, 대학 같은 관공서나 공공기관이 역과 길 이
름으로 쓰이는 예는 상대적으로 적다. 사실 시청 앞, 도청 앞, 역전 같은
이름은 노약자나 외지인들이 길 찾기에는 편리할지 모르나 건조하고
밋밋하다. 역사의 교훈을 새기면서 위인은 위인대로 악인은악인대로
그 나름의 의미를 부여하는 고유명사 활용은 눈여겨 볼 만 하다. 갖은
노력 끝에 전국 최초로 지역출신 문인을 기리면서 '김유정역'으로 이
름 바꾸기에 성공한 신남역의 사례는 아직 견고한 우리사회의 경직성
을 보여준다. 고유명사를 거리, 역, 공항 이름으로 사용할 경우에 발생
할지 모를 이러저러한 부작용을 너무 심각하게 생각할 필요가 있을까.
'빅토르 위고'라는 이름은 프랑스 도시 대부분에 길, 광장에 사용되는
데 혼란과 역기능은 오랜 세월이 지난 지금가지도 별로 발견되지 않았
다.

　파리는 그다지 넓지 않은 면적 때문이기도 하지만 이동에 그리 많은
시간이 소요되지 않는다. 촘촘하게 얽힌 지하철과 도시고속전철 (RER)
노선 그리고 지하철이 닿지 않는 좁은 도로 곳곳을 이어주는 시영버스
덕택이 크다.그러나 제대로 파리를 보려면 아무래도 걸어서 돌아다니
는 것이 여유와 볼거리를 함께 확보해준다. 개선문을 중심으로 뻗은 12
개의 방사선 도로나 파리 개조의 장본인을 기리는 '오스만 대로'에 서

면 백 수 십년 전 파리 경찰국장 출신 오스만 남작의 야심 찬 프로젝트의 성과를 일목요연하게 감지할 수 있다. 세계 최초의 자동차라 불릴만한 것은 1769년 프랑스인 퀴뇨가 발명한 증기 삼륜차였는데 실용성을 감안한 현대적 의미의 휘발유 자동차가 보급된 것은 1885년 독일인 벤츠에 의해서였다. 이 당시 이미 오스만은 파리 시가지에 자동차 주행을 위한 넓은 길을 닦아 놓았던 것이다. 앞으로 펼쳐질 현대생활의 수요를 미리 예측하여 마련한 현대화작업 이라기 보다는 후원자인 나폴레옹 황실의 구미와 요구에 의한 것이라 하더라도 오스만의 안목은 전통과 현대성이 적절히 조화된 오늘의 파리를 조성하는데 크게 기여했다. 리옹의 구 시가지처럼 좁은 골목길에 옹색하게 밀집해 있거나 또는 운치 없이 뻗어오른 현대식 마천루의 숲으로 개조될 뻔한 파리의 경관에 중심을 잡아준 공적이 그것이다.

미테랑 전 대통령이 야심 차게 추진했던 그랑 프로제, 즉 파리 랜드마크의 축을 일신해 보려는 작업도 대단한 것이었다. 신 개선문과 국립도서관, 바스티유 오페라, 루브르 박물관 리모델링과 유리 피라미드 신축, 오르세 미술관 개축, 베르시 지구 정비 같은 대규모 사업으로 파리의 모습은 점차 바뀌고 있다. 발상의 기발함과 의표를 찌르는 컨셉트 그리고 거기에 부여한 민족 자부심과 휴머니즘을 표방하는 노 정치가 미테랑의 문화감각과 야심은 오스만의 파리 개조작업과 흔히 비교된다. 전통과 첨단이 어긋나지 않고 어깨를 나란히 하며 조화를 이룬 모습도 새로운 볼거리지만 아무래도 파리의 매력은 유리원판 사진에서 보듯 적절한 여유와 간격 속에서 비슷하면서도 똑같지 않은 나름의 개성에서 찾아볼 수 있을 듯 하다. 오스만, 미테랑에 이어 21세기에는 누가 새로운 파리 개조작업을 이끌어 나갈까.

100년전 브뤼셀 산책 — 그랑 플라스, 800년을 건너오다
'强小國' 벨기에의 실용주의

러시아를 제외한 유럽 여러나라가 대체로 국토면적이 그리 크지 않다지만 벨기에는 분명 '작은 나라'에 속한다. 룩셈부르크, 모나코, 바티칸, 리히텐슈타인 같이 외형적으로 더 작은 국가들도 있지만 일정규모 이상의 국력을 과시하는 나라중에서 벨기에의 힘은 단연 돋보인다. 면적 3만여 평방 킬로미터, 인구 천여만 명, 세계 최고수준의 인구밀도, 전통적으로 복잡한 언어소통체계 같은 외형적 지표만 본다면 벨기에가 누리는 번영은 설명하기 그리 쉽지 않다. 그러나 유럽연합(EU)의 주요기관, 북대서양조약기구(NATO) 본부 그리고 1,000여개 국제기구가 자리잡은 문자 그대로 유럽의 교차로이다. 굴곡많은 역사를 거쳐오면서 두 종류의 언어가 공용어로 쓰이는데 남부에서는 왈룬語- 프랑스어, 북부는 플라망語-네덜란드어가 통용되면서 도로표지판, 행정문서, 국왕연설등 여러 분야에서 두 언어를 함께 사용한다. 이렇듯 사뭇 이질적 요소를 안고서도 오늘의 번영을 구가하는 벨기에인들의 현실감각과 타협정신은 아직 크고작은 지역갈등으로 어려움을 겪는 지구촌 여러 분쟁 당사자들에게 타산지석이 되기에 충분하다.

우선 브뤼셀의 그랑 플라스를 생각한다. 뉴욕 자유의 여신상, 파리 에펠탑, 로마의 콜로세움, 이집트의 피라미드 스핑크스 같은 랜드마크로서의 그랑 플라스는 단순한 광장 즉 사람들이 모여드는 공간의 개념을 훌쩍 뛰어넘기 때문이다.

벨기에의 역사를 지켜온 수도 브뤼셀의 그랑 플라스는 19세기 프랑스 문호 빅토르 위고의 표현처럼 "세상에서 가장 아름다운 광장"인 동시에 20세기에 이르러 장 콕토가 정의했듯 "화려한 극장"으로 아직 거기 의연하게 자리잡고 있다. 숱한 광장 가운데 굳이 "세상에서 가장 아름다운"이라는 수식어를 붙인 까닭은 무엇일까.

13세기 경 상인 조합이었던 길드 조직이 포진하면서 형성되었던 그랑 플라스는 오랜 역사만큼이나 벨기에역사의 浮沈을 지켜본 증인에 다름아니다. 지금의 면적은 70m x 110m로 별로 크지 않은 규모임에도 우선 광장을 둘러싼 시청, 왕의 저택, 39개의 길드 하우스등 중세이후 고딕, 바로크같은 다양한 건축양식의 전람장으로 돋보인다. 브뤼셀 박물관으로 사용되는 신 고딕 양식의 왕의 저택은 새로 개수한 97m의 성 미카엘 상이 인상적인데 독특한 건물의 외양도 그러하거니와 태피스트리, 벽화, 화려한 내부장식과 소장품의 예술성에서 벨기에 예술전통을 일목요연하게 볼 수 있다.

브뤼셀, 유럽의 사랑방   벨기에는 유럽문화사에서 매우 특이하고도 중요한 위치를 차지한다. 인접한 프랑스 문화예술의 위세와 명성에 비하여 상대적으로 덜 알려진 느낌이지만 일찌기 15세기 플란더스 화

파의 이른바 '트랜센던트 리얼리즘'으로부터 독특한 회화전통을 갖게 되었다. 이후 16세기 리얼리즘, 17세기 바로크 시대를 거치면서 벨기에 미술이 이룩한 여러 개성적인 면모가 지금껏 그랑 플라스 주변에 생생하게 포진하고 있다. 특히 태피스트리 즉 카페트와 레이스 제조로 집약되는 섬세한 장식미술의 전통은 그랑 플라스에서 이즈음 꽃카페트라는 희귀한 이벤트로 명성을 이어왔다.

지금도 월요일을 제외하고 매일 꽃시장이 열리고 연중 각종 콘서트며 8월 중순 광장전체가 꽃으로 덮이는 축제에서는 꽃 카페트가 펼쳐진다. 이름그대로 '큰 광장'인 이곳은 비단 외형뿐만 아니라 브뤼셀의 열린 포용성을 담보하는 상징이 된다. 역사상 수많은 인물들이 브뤼셀을 찾아왔다. 그럴 때마다 조국을 떠난 막막한회한과 울적한 향수를 달래주던 그랑 플라스는 '광장'답게 이들을 맞아들였다고 기록은 전한다. 정치박해를 피해온 망명객, 몰락한 왕족, 모험을 즐기는 아름다운 연인들, 유무명의 시인과 예술가, 철학자 그리고 이름없는 수많은 사람들이 그들의 삶 가운데 밝고 어두운 시간을 브뤼셀 그랑 플라스 한 귀퉁이에서 보냈을 것이다. 특히 유럽 장치, 사회의 격변기였던 100여년 전 19세기 후반- 20세기 초 브뤼셀은 더욱 그러하지 않았을까. 16세기 에라스무스, 마리 드 메디치를 비롯하여 톨스토이, 위고, 파가니니, 베를렌, 랭보, 뒤러, 아인슈타인 같이 세계사를 대문자로 장식한 인물들의 브뤼셀 체류를 그랑 플라스 어느 이끼낀 돌기둥은 증언하는 듯 하였다. 특히 그랑 플라스를 세상에서 가장 이름다운 광장이라고 명명한 빅토르 위고는 19세기 중, 후반 辛酸한 그의 문학적, 정치적 역정 고비고비에 벨기에를 자주 찾았다. 19세기 유럽의 탁월한 여행작가의 하나로 꼽히는 위고와 벨기에의 인연은 깊다. 단순한 여행목적으로도 그러했고 특히 1852년 당시 프랑스 대통령 루이 나폴레옹이 쿠데타로 공화국을 전복시키고 스스로 황제에 즉위하여 제2제정을 세우자 위고는 홀연 망명의 길에 나서 우선 브뤼셀에 도착한다. 민주주의를 파기하고 역사를 되돌려 '황제' 나폴레옹 3세가 된 '꼬마 나폴레옹'에 대한 저주와 증오를 가슴깊이 새기면서 위고는 그랑 플라스 한켠에서 후일 '징벌시집'으로 간행될 저 도도한 풍자시의 한 구절을 생각해냈을지도 모른다. 그후 18년에 걸친 기나긴 망명생활의 출발지로서 브뤼셀에 체류했던 위고의 심상에 비친 그랑 플라스는 그렇게 더 아름답고 처연했을 것이다.

광장에서 배운다　　그랑 플라스는 단순한 공간범위에 국한된 광장의 의미를 넘어선다. 그것은 하나의 '극장'으로 '일상'이라는 드라마가 펼쳐지는 무대가 되기도 한다. 행인이며 관광객들은 잠시 이 '극장'의 배우가 되어 삶의 여유를 음미하며 그랑 플라스가 주는 묘한 흡인력에 이내 빨려든다. 우리나라의 경우 서울 여의도 광장은 문화공간의 기능을 잃은지 이미 오래이며 대학로 역시 상업성에 크게 오염되어 있다. 경향 각지의 'OO광장' 역시 사람과 사람의 만남, 스쳐감, 눈길, 웃음, 교류, 나눔, 즐거움, 잔치같은 개념이 발붙이기 쉽지않은 도심의 사막으로 바뀌어 버렸다. 2002년 월드컵 응원이 불길을 뿜었던 서울 시청앞 광장과 대도시 공간 역시 자연스러운 교감이 오가는 여유와 소통의 매개체라고 하기에는 너무 비대해졌다.

　같은 유럽이라 하더라도 런던 피카딜리 광장이나 로마의 스페인 광장과는 또 다르게 그랑 플라스는 역사의 흔적이 고스란히 배어나는 건물에 둘러싸여 연주의 선율과 꽃향기, 왁자지껄한 생기에 충만한 삶의 문화현장이 되고있다.

근처 오줌누는 아이 동상은 라인강변 로렐라이 언덕, 덴마크 코펜하겐 인어공주와 더불어 명성에 비하여 볼품없다는 소위 '유럽관광 3대 사기'로 이름높지만 브뤼셀을 찾는 사람 대부분이 들렀다가 쓴 웃음을 짓고 가는 또하나의 명소이다. 그랑 플라스에서 시청사 인쪽길을 따라 약 100미터 내려간 곳에 위치한 조그만 청동상은 크기도 60센티미터에 불과하고 위치도 후미진 곳에 있어 유명세에 비하여 초라함에 놀란다. 1619년 제롬 뒤케누아가 제작한 이래 400년 가까이 지나는 동안 브뤼셀에서 가장 나이많은 시민으로 사랑받는 이 동상은 발상의 기발함과 벨기에인의 독특한 저항정신을 함축하는 조형물로 별반 볼 것 없음을 알고는 있지만 막상 지나치자니 무엇인가 아쉬워서 찾게 만드는 현대 문화마케팅의 전형을 보여주는 셈이다.

점차 개인화되고 소외가 가중되는 시대에 '광장'은 사람사이의 교류를 부추기고 공동체의식을 일깨우면서 삶의 역동성과 활력, 생명감을 채워주는 기능을 부여받았다. 이러한 의미에서 그랑 플라스는 건축, 음악, 미술, 공연, 문학, 무용등 예술 전 장르를 피부로 실감하고 감각으로 채워주는 전천후 극장, 가슴을 열어주는 작지만 큰 광장이 될 수 있었던 것이다.

實事求是 虛虛實實, 벨기에 처세술　　　좁은 땅덩어리에 여러 나라가 어깨를 부딪치며 살다보니 유럽에서는 지배와 침탈, 국경분쟁 같은 크고 작은 갈등이 끊이지 않았다. 벨기에 역시 스페인과 오스트리아, 네덜란드 등에 지배를 당하기도 하였고 프랑스와 독일로부터 침략을 받았다. 19세기 초 나폴레옹이 유럽전역에 걸쳐 위세를 떨칠 무렵 그는 동생을 네덜란드 왕으로 삼는다. 나폴레옹 몰락이후 네덜란드는 지금

의 벨기에, 룩셈부르크를 편입하여 네덜란드 왕국으로 탄생하였는데 오렌지공 윌리엄 국왕 가문이 지금도 네덜란드 왕가를 이어가고 있다. 그러나 벨기에는 결국 1830년 독립하여 왕국이 되었고 이웃한 룩셈부르크 역시 大公(Duc)이 국가원수인 公國으로 떨어져 나왔다. 베네룩스 3국이라는 이름으로 흔히 같은 범주의 나라로 묶곤하는데 이세나라는 이를테면 "따로, 또 함께"라는 원칙이래 사안별 협력을 추구하는 실용적 공동체를 이루고 있다. 네덜란드가 개신교 세력이 강하다면 벨기에에는 가톨릭 신자가 75%를 넘는다. 복수언어 국가의 잠재적 갈등요인을 덜어주는 매개체의 하나로 종교적 통일성을 꼽을 만하다. 과거 네덜란드가 스페인의 탄압을 받다가 독립전쟁을 시작했을 무렵 남부지역 즉 지금의 벨기에는 스페인의 회유와 협박에 타협했고 북부 7州는 위트레흐트 동맹을 결성, 결국 독립을 쟁취하였다. 이 과정에서 강인한 저항의지를 보였던 네덜란드 사람들 눈에는 벨기에의 유연성이 마뜩치 않아보였을 것이고 아직도 잠재의식에 깔려 벨기에를 바라보는 시각의 일단을 구성할 수도 있다. 그러나 지금처럼 실리위주의 가치관과 국가경영 전략이 득세하는 현실에서는 벨기에의 현실적 처세는 새겨볼만하다. 특출한 부존자원도 없고 협소한 국토에 더구나 전통적으로 이질적인 두 언어를 사용하는 국민들을 포용하면서 오늘의 번영을 구가하게 된 저변에서 우리는 虛虛實實 實事求是 벨기에인들의 생존전략을 본다.

언어갈등, 역사의 상처와 교훈 유럽의 다른 어떤 나라보다 게르만 문화와 라틴 문화가 서로 지속적으로 영향을 미치며 더러는 충돌하고 때로는 조화를 이루며 쌓아온 벨기에 문화를 이야기할 때 언어문제를 빼놓을 수 없다. 현재 한 국가안에서 다른 언어로 인하여 갈등이 있는 곳이 어디 한 두 곳일까. 캐나다 쿼벡, 스페인의 카탈루니아와 바스크 등이 그러하고 이탈리아, 스위스 등에서도 크게 드러나지는 않지만 잠재적 갈등의 요소를 안고있다. 그러나 벨기에는 언어에 관한 한 유럽에서 대단히 복잡한 체계를 가지고 있는 나라이다. 프랑스어와 네덜란드어가 함께 공용어로 쓰이고 독일어도 통용되고 있어 프랑스어, 독일어, 이탈리아어를 쓰는 스위스 연방과 더불어 한 지붕 세 언어의 드문 성공 사례를 보여준다. 물론 충돌과 대립이 없을리 없었다. 사진의 무대인 19세기 말엽-20세기 초부터 언어갈등이 노골적으로 표출되었는데 프랑스어를 쓰는 남쪽 왈론계는 농업중심 사회로 정치적, 문화적 주도권을 쥐면서 북부 플라망인들을 다소 무시해왔는데 네덜란드계가 주류를 이루는 북부 플란더스에서는 역시 자신들이 주류라는 생각으로 남부를 업신여기는 경향이 충돌하였다. 20세기 들어 공업화가 진전되면서 북부의 경제력이 강화되고 이에 따라 네덜란드어의 발언권이 강해지면서 동등한 언어교육, 문화행정을 요구하였고 그 결과 당시 가톨릭 계통 학교에 프랑스어와 함께 네덜란드어를 공식 교육언어로 체택하기에 이르렀다. 기득권을 가졌던 왈론계는 프랑스어의 주도권을 놓지 않으려고 갈등을 증폭시킨다. 제2차 세계대전을 겪으면서 두 언어의 갈등은 심화된다. 당시 벨기에 국왕은 내각과 상의없이 벨기에 군대를 독일에 투항하도록 지시하여 독일에 대하여 격렬한 저항을 벌이던 왈론지역이 크게 반발하였다. 그후 왈론의 반대에 부딪혀 왕위는 보두앵 국왕에게 계승되었는데 국민투표 결정을 무산시킨 왈론계에 대항하여 플란더스 지역의 단결력은 더욱 강화되고 격화된 지역감정은 정치, 사회에 그대로 반영되었던 것이다. 1950년대부터 1970년대에 이르기까지 벨기에 정당들은 언어권에 따라 사분오열과 이합집산을 경험한다.

기독사회당은 플레미시 기독사회당과 왈로니안 기독사회당으로 나뉘고 사회당과 자유당도 지역에 따라 구분되면서 두 지역간에는 교류나 혼인관계도 없을 정도로 냉랭한 분위기가 지속되었다. 정치권의 지역대립이 국가분열에까지 몰고갈 상황에 이르자 현명한 벨기에인들은 더 이상 소모적인 다툼은 국익에 아무런 도움이 되지 않는다는 판단아래 1970년대부터 지속적인 헌법개정을 통하여 1993년 연방제 국가로 거듭날 수 있었다. 벨기에 헌법 1조에 "벨기에는 공동체와 자치지역으로 구성된 연방국가"라고 명시하고 국가의 경영권은 법적으로 동등한 각 자치지역에 배분됨으로써 오랜 세월 갈등에 싸여온 두 지역은 국가체제 아래 발전적인 경쟁이 필요할뿐, 더 이상 타도하거나 한쪽으로 통합시켜야할 대상이 아니라는 인식에 이른 것이다. 이 과정에서 양 언어권의 완충지대인 브뤼셀 캐피탈 지역의 역할과 기능이 더욱 중요해지고 있다. 참으로 힘든 과정을 거쳐 이룩한 벨기에 민주주의는 네덜란드어권, 프랑스어권, 독일어권의 세 공동체와 플란더스, 왈로니아, 브뤼셀 캐피탈 세 지역정부로 나뉘어 현대적이고 역동적인 연방국가를 형성하고 있다. 유럽의 중심이라할만한 뛰어난 지리적 입지와 발달된 커뮤니케이션 네트워크 그리고 종전부터 유지하고 있던 북대서양조약기구 본부 같은 국제기구와 더불어 유럽연합의 실질적인 집행기구인 유럽집행위원회, 유럽의회 등이 포진하고 있다. 브뤼셀 캐피탈 자치지역 정부는 도시 재개발 정책과 주택건설에 역점을 두고 있다는데 브뤼셀 지역의 오랜 문화전통과 문화재 보존사업과 어떻게 조화롭게 대처해 나갈까.

'삶의 기술'로서의 음식

수도 브뤼셀이 플라망인과 왈론인의 잠재적 대립요소를 중재하는 완충지대라고 한다면 지방도시의 경우 고유한 전통과 지역색채가 별다른 여과없이 드러난다. 리에주, 몽스, 디낭, 루뱅 등이 그러하고 특히 중세도시 브뤼헤 (프랑스어로는 브뤼주)는 거리 곳곳이 예술품일 정도로 교회, 수도원, 운하, 광장 등 고풍스러운 모습을 거의 완벽하게 간직하고 있는 드문 곳이다. 프랑스 중부 페루주가 중세경관을 훼손없이 간직하고 있다지만 주민이 몇 백명에 불과하고 관광수입에 기대는 소규모 마을 수준이라면 브뤼헤는 도시의 적정규모를 유지하면서 오늘도 여전히 문화현장으로 살아 숨쉬고 있다. '천정없는 미술관' 브뤼헤의 거리를 걸으면 곳곳에서 고딕식 첨탑이 빛난다. 거기서 울려퍼지는 종소리를 들으며 중세이후 파란만장한 유럽역사의 와중에서 때로는 방황하고 때로는 현실에 적응하면서 벨기에가 터득한 생존전략의 리듬을 온몸으로 느껴본다.

프랑스 음식에 가려져 별로 알려져 있지는 않지만 벨기에 음식문화는 벨기에에서 생산되는 갖가지 맥주만큼이나 다채롭다. 350종류의 맥주는 각기 독특한 풍미와 알콜 함량으로 정평이 나있고 특히 초컬렛, 와플은 벨기에 식도락의 핵심에 자리잡고 있다. 본국보다 오히려 프랑스에서 더 이름난 홍합요리의 명성은 가령 체인점인 '레옹'의 경이적인 신장세로 증명된다. 철제 냄비에 국물과 함께 담아내는 홍합요리는 감자튀김과 어울려 까다로운 미식가 프랑스인들의 입맛을 사로잡고 있다. 우리나라 포장마차에서 서비스로 제공하는 홍합탕과 얼핏 보면 비슷해보이지만 조리법과 식자재 그리고 다양하게 개발한 메뉴 등으로 맛의 차별화에 성공, 전성기를 구가하고 있다.

'다름'과 '더불어'의 지혜 유명한 동화 '파랑새'를 탄생시킨 나라이
지만 동화속의 환상성과 꿈과는 달리 벨기에의 현실감각과 실용주의
는 눈여겨볼만하다. 언어의 편차를 극복하려는 노력이 우선 그것이
다. 신문, 방송, 출판은 물론 작은 도로표지판에 이르기까지 프랑스어
와 네덜란드어 두개의 언어를 사용하면서도 오늘의 지속적인 번영을
누리는 저변에는 비록 오랜 세월 갈등과 대립의 역사를 지나왔지만
필경 '나와 다름'을 인정하고 '더불어 사는' 지혜를 끌어내는데 성공한
벨기에 인들의 합리성이 깔려있다.

유럽 여러나라들이 그러하듯이 100여년전 풍경은 대부분 지금도 보
존되어 현재 진행형이다. 벨기에 최대현안이었던 언어분쟁은 대화와
타협을 앞세우는 특유의 실리정신으로 봉합되어 오히려 다양함속에서
의 시너지 효과 창출이라는 이즈음 지구촌의 미덕과 교훈을 일찌감치
이끌어 냈다. 우리의 경우 좁은 땅덩어리에서 아직도 완전히 극복하지
못한 지역정서의 편차를 풀어가는 구체적인 해법을 벨기에에서 벤치
마킹할 수 있을지도 모른다.

100년의 잠을 깨우는 자본의 입맞춤
―헝가리 관광의 빛과 그림자―

다뉴브강에 살얼음이 지는 동구(東歐)의 첫겨울
가로수 잎이 하나 둘 떨어져 뒹구는 황혼 무렵
느닷없이 날아온 수발의 쏘런제(製) 탄환은
땅바닥에
쥐새끼보다도 초라한 모양으로 너를 쓰러뜨렸다.
....
―너는 열 세 살이라고 그랬다.
네 죽음에서는 한 송이 꽃도
흰 깃의 한 마리 비둘기도 날지 않았다.
네 죽음을 보듬고 부다페스트의 밤은
목놓아 울 수도 없었다.
죽어서 한결 가비여운 네 영혼은
감시의 일만(一萬)의 눈초리도 미칠 수 없는
다뉴브강 푸른 물결 위에 와서
오히려 죽지 못한 사람들을 위하여 소리 높이 울었다
....

- 김춘수, '부다페스트에서의 소녀의 죽음' 부분

1956년 구 소련이 헝가리 시민항쟁을 무력으로 잔인하게 짓밟으면
서 헝가리라는 생소한 나라는 우리에게 본격적으로 각인되었다. 이듬
해인 1957년 '사상계'에 발표된 이 시를 통하여 부다페스트라는 낯선
도시이름이 주는 묘한 이국취향과 함께 헝가리 사람들의 저항정신과
파란만장한 역사의 부침속 그들의 도도한 민족자존심 같은 것을 간접
적으로나마 알게 되었다. 그로부터 30여년이 지난 1980년대말 동유럽
여러나라의 사회주의 체제가 무너지면서 자유화, 개방이 시작되었고
헝가리는 앞장서 베일을 벗고 다가왔다. 1956년 부다페스트 봉기가 그
러했고 '프라하의 봄'으로 기억되는 체코 국민의 저항이 소련의 무력
진압으로 무산되었던 몇가지 사건을 제외하고는 동서 냉전 이데올로
기 시대 '철의 장막' 인근지역이라는 특수성으로 인하여 그다지 관심
을 끄는 이슈가 없었기 때문이기도 하다.

우리 국적기의 부다페스트 취항을 추진중이라는 보도가 있었다. 이
를 계기로 헝가리에 대한 관심은 높아지겠지만 아직 헝가리는 여행사
의 동유럽 여러나라 패키지 상품에 포함되어 수도 부다페스트 시내관
광과 1박후 이웃나라로 떠나가는 간이역 정도의 비중밖에 차지하지 못
하고 있다.

상징동물 말(馬)이 보여주듯 기마민족 헝가리국민의 기동성과 진취
성은 그들의 건국역사와 함께 굴곡 많았던 동유럽 왕조사로 연결된다.
학비, 의료비의 국가부담같은 선진형 사회보장제도, 리스트나 바르토
크 등 예술가와 유태인 다음으로 많은 노벨상 수상자를 배출한 명석하
고 섬세한 국민정서는 헝가리의 자부심인 동시에 빈번한 외세의 침략
으로 고통의 세월을 지내는 동안 성취한 독특한 문화, 문물과 더불어
오스트리아, 슬로베니아, 크로아티아, 유고, 루마니아, 우크라이나, 슬

로바키아 같은 인접국가와의 차별성을 이룬다. 좁은 땅덩어리에서 문화와 언어를 달리하는 수많은 민족이 어깨를 맞대며 살아온 유럽역사가 그러하듯 헝가리는 주로 피침, 수탈과 합병의 역사를 거치면서 응전과 생존전략으로 단련되었고 그 자체 다른 유럽국가 문화와의 변별력이 될 수 있을 것이다.

산유국이면서 농업-목축업, 기계공업, 생화학 공업에 치중하는 산업구조 특성상 아직 관광에 많은 관심과 예산집행은 이루어 지지 않고 있다. 과거 사회주의체제 영향으로 복지부문 지출이 과다하여 호텔 신축과 사회간접자본, 관광인프라 구축에는 상대적으로 민첩하게 반응하지 못하고 있는듯 하다. 비근한 예로 호텔을 예약할 때 관광업체에 선금을 요구하거나 관광종사자의 서비스 마인드 부족, 관광의 높은 효용성 발현에 대한 구체적 대응미흡 등이 헝가리 관광활성화의 걸림돌이기 때문이다.

1866년 오스트리아—헝가리 이중제국 성립 이후 1차세계대전의 패전국으로 몰려 또다시 많은 것을 상실하기까지 50여년간 성취한 번성과 자존심은 아직 헝가리 곳곳에서 닦지 않은 보석처럼 박혀있다. 바로 이 자원과 현장을 꿰고 다듬어 부가가치를 높이는 작업이 필요한 것도 이러한 이유 때문이다. 전신전화개통, 유럽 '대륙'(섬나라 영국이 최초였으므로) 최초의 지하철 건설, 건축공법상 금자탑을 이룬 도나우(다뉴브)강의 체인 브리지 가설, 미학적 차원과 규모면에서 위용을 과시하는 국회의사당 완공, 영웅광장과 인공스케이트장 그리고 학술원조성, 유네스코 문화유산으로 지정되어 부다페스트 사회문화사를 압축해 보여주는 동유럽의 샹젤리제 언드라시 거리 등이 모두 1896년 건국 1,000년 기념의 해를 전후하여 이루어졌는데 그후 헝가리는 잠에 빠지면서 1989년 동유럽 최초의 개방국가가 되기까지 문을 닫아 건채 독특한 문

빵의 문화 장미의 문화

화를 발효, 숙성시켜왔던 것이다.

우리가 일제강점 35년동안 겪은 고초를 기억하듯 헝가리인들은 500년에 이르는 외국지배동안에도 모국어를 지켜낸 자존심과 불굴의 민족정기를 자랑한다. 특히 오스트리아의 언어말살 시도에도 불구하고 헝가리 민족의 마자르語는 유럽소수 희귀언어로 그 자체 무형문화재가 되고있다. 20세기를 시종하여 빗장을 걸어놓은 은둔과 내성의 한 세기가 끝나갈 무렵 자본주의의 감미롭고 도도한 물결이 헝가리인들의 잠을 깨웠다. 그렇다고 다른 나라들 처럼화들짝 놀라 황급히 옷을 갈아입고 손님을 맞으러 부랴부랴 나서지 않았다. 특히 관광개발과 이를 통한 수입창출면에서 헝가리는 아직 소극적으로 보이기도 한다.

그들이 보유한 천혜의 자원과 독특한 문화유산, 한세기 가까이 개발의 소용돌이에서 한걸음 비껴나 앞선 세기의 전통과 문화를 보존해온 잠재력 등에서 우선 헝가리 관광의 가능성은 담보된다. 인근 체코, 오스트리아 등이 국가차원의 총력전을 펼치며 적극적으로 관광객 유치에 힘을 쏟는 동안 그들은 젖줄 도나우강 연안의 관광자원 보수에 주력하는 등 靜中動, 허허실실의 행보로 나름대로 21세기 관광패러다임을 짜고 있는듯 하였다.

3월 중순 프랑스 파리 포르트 드 베르사유 전시장에서는 제1회 국제관광전(정식명칭은 MAP, Le Monde à Paris, '파리에서 세계를'이라는 의미)이 열렸다. 21세기 관광의 주요관심사로 장애인 관광여건의 개선 즉 장애인 편의시설이 갖추어진 관광시설 사이트 등록활성화와 공정무역 등과 연계된 지속가능한 관광 같은 주제를 표방한 부스가 몇군데 눈에 띄었을 따름이었다. 이란, 시리아를 비롯한 중동지역 국가들의 관광상품 판촉활동이 괄목할만하였고 상대적으로 낮은 국력에도 불구하고 튀니지, 모로코, 말리, 카메룬, 부르키나 파소 같은 아프리카 국가들의 적극적인 홍보 또한 눈길을 끌었다. 유럽, 아시아, 미주지역 국가의 참가가 저조하여 국제행사로서의 의미는 반감되었지만 관광홍보에 총력을 기울이는 개발도상국들의 열기는 자못 진지하였다. 동유럽 국가로 유일하게 참가한 크로아티아는 관광차원을 넘어 자국의 문화, 예술, 산업과 사회적 관심사의 핵심을 소개하는 대규모 부스를 설치하고 관심끌기에 전력을 기울였다. 요컨대 관광의 높은 부가가치를 인식하고 국가차원의 노력을 전개하는 나라는 전반적으로 역동감과 진취성이 돋보이고 그렇지 않은 경우 국가 이미지 자체의 폐쇄성과 고립성이 배가되는 오늘의 현실이 극명하게 교차되는 현장이었다.

요컨대 국가위상과 국제사회에서의 신인도 등의 척도로서의 관광인식과 개발수준은 유효한 지표가 될 수 있을 것이다. 중국, 베트남 등 아시아권 사회주의 국가들의 변신과 개혁개방이 그러하고 역사를 통하여 느려보이지만 빠를 때는 더없이 재빨랐던 헝가리의 실사구시 전략은 또 다른 사례연구의 대상이 될 수 있다. 사회주의 체제 종언과 개방에 즈음하여 다른나라에 비하여 헝가리는 한 걸음 앞서 자유경제체제를 도입하였고 그 결과 동유럽에서손꼽히는 경제안정 국가가 될 수 있었던 저력을 보여 주었다. 그에 앞서 19세기 후반 도나우 강을 사이에 두고 좌, 우에 위치한 부다와 페스트 그리고 오부다 등 세 도시를 물리적, 화학적으로 묶어 도시발전을 이룩한 사례며, 편리한 교통망, 세느강과 유사하게 도나우 강 주변을 따라 집중 포진된 관광지 등은 부다페스트 관광의 힘이 되기에 충분하다.

그럼에도 불구하고서 헝가리 관광의 현실은 아직 총체적 소극측면에 머물고 있다고 말할 수 있다. 인근 오스트리아, 체코 특히 크로아티아가 관광입국을 표방하며 관광진흥에 명운을 걸고 있음에 비추어 헝가리는 민족과 언어, 자부심 강한 국민개성만큼이나 독특한 움직임을 보여주고 있다. 말하자면 개발가능하고 변별력과 경쟁력이 풍부한 관광자원-여건에도 불구하고 느린 걸음속에서, 다른 나라들이 성급하게 문을 활짝열고 부산하게 움직이는 동안 어느새 하향평준화, 획일화의 길로 접어드는 듯한 사례를 나름대로 분석하며 신중한 독자전략을 구사하고 있는지도 모른다.

같은 작품 같은 극장 반세기, 세계공연사를 새로 쓴다

—프랑스 파리 위쉐트 소극장 ‘대머리 여가수—

프랑스 파리 소극장 녹탕뷜에서 그때까지 듣도보도 못한 전혀 새로운 연극 연출에 몰두하고 있었다. 이름도 생소한 루마니아 출신 극작가 으젠 이오네스코(1912-1994)의 첫 작품 「대머리 여가수」가 그것이었다. ‘반연극(反演劇)’이라는 부제가 붙은 이 작품은 오랜 세월 관객에게 익숙했던 사건전개나 인물성격 분석 위주의 전통극, 부르주아극, 문학극과는 거리가 먼 일종의 도발 그 자체였다. 연습이 끝나고서도 자금이 부족하여 친분이 있던 영화감독 클로드 오탕-라라로부터 영화에 썼던 의상을 빌려 왔고 바타이유를 비롯한 배우, 스탭들은 생 미셸 大路에서 포스터를 등에 짊어지고 샌드위치 맨으로 홍보에 나서는 등 최선을 다하였으나 결과는 참담한 실패였다. 미적 쾌감과 익숙함, 카타르시스 대신에 생소함과 나아가 고통을 주는 연극을 본 관객들의 황당함은 모욕감으로까지 확대되었다. 썰렁한 객석에서는 야유가 터져나왔고

평론가들은 '반연극'이라는 개념자체에 반감을 표하면서 혹평과 무시로 일관하였다. 몇몇 비평가들이 이오네스코 연극의 새로움과 전후 시대상황 인식과의 연결성을 눈여겨 보았지만 대세를 돌리기는 어려웠다. 공연평론가들에게서는 배척을 받았으나 앙드레 브르통, 레몽 크노, 알베르 카뮈같은 저명 문인들의 지지를 얻을 수 있었다. 그것은 흡사 19세기 초반 빅토르 위고가 쓴 '에르나니' 공연에서 고전파와 낭만파가 격렬히 대립함으로써 낭만문학의 도래가 확정되었던 것 처럼 1950년대 초반 부조리극의 탄생을 알리는 신호탄이 되었다. 1950년 5월 11일 시작된 「대머리 여가수」는 바로 그 다음달 황망히 막을 내림으로써 총 25회 단명공연으로 끝나게 되었다. 이듬해 포슈 극장에서 마르셀 퀴블리에가 이오네스코의 두 번째 작품 「수업」을 올렸다. 이 역시 조금 낫기는 했지만 흥행실패는 반복되었다.「대머리 여가수」와 「수업」 두 편이 위쉐트 극장에서 동시공연 되었으나 여섯 달이 못 가 끝났다.

그로부터 7년 후, 1957년 2월 위쉐트 극장에서는 믿을 수 없는 일이 일어났다. 수년 간 지리멸렬해있던 「대머리 여가수」 공연에 사람들이 몰려든 것이다. 연극전문가와 예술을 애호, 음미하는 사람들로 부터 유행을 좇는 속물그룹에 이르기까지 다양한 관객동원 성공은 전혀 예상 밖의 일이었다. 불과 몇 년 사이에 사람들의 예술감각과 취향이 그토록 변화된 것일까, '소통의 부재'라는 현대의 화두가 벌써 설득력을 얻었던 것일까. 이 현상은 이오네스코를 하나의 유행(mode)에 합류시킬 수 있었다. 에디트 피아프, 소피아 로렌, 모리스 슈발리에 같은 인기인들의 위쉐트 극장 방문과 더불어 평론가들의 논조도 바뀌었다 ("이 작품의 우주적인 힘, 심오한 詩的 요소는 놀랄만한 것이다... - 1957년 2월 20일 '르 파리지앵 리베레'의 조르주 레르미니에 평).

그로부터 52년이 지났다. 그사이 16,000 여회의 공연을 기록하며 지

금도 여전히 「대머리 여가수」와 「수업」은 위쉐트 극장의 간판작품, 효
자연극으로 공연계의 독특한 랜드마크이자 문화상품이 되어 파리 골
목 한 켠에서 숨은듯이 그러나 당당하게 매일 밤 공연일지를 고쳐쓰고
있다. 어느사이 프랑스 문화의 저력과 수준, 독특성을 보여주는 하나의
'문화현상'으로 자리매김 한 것이다.

　무대 위에서의 행동이나 논리성, 심리적 관심등을 일체 배제한 채 언
어질서와 상황사이에 존재하는 어긋남, 뒤틀림, 차이를 절묘하게 형상
화시킨 「대머리 여가수」에서는 제목과는 다르게 실상 어떤 대머리도,
여가수도 등장하지 않는다. 제목부터 부조리하다. 저녁나절 프티 부르
주아 계층 두 커플의 평범하지만 결코 녹록치 않은 일상을 그려내는 단
순한 상황설정 속에서 꼬리를 물고 이어지는 종잡을 수 없는 대화전개
는 하녀와 소방관의 도착으로 중단된 것을 제외하고는 공연시간 내내
이어진다. 끊임없이 무엇인가 이야기를 쏟아내지만 결국 이것은 의사
소통과 상호이해에 전혀 도움이 되지 못할뿐더러 인간세계의 단절을
더욱 깊게 만드는데 소용될 따름이라는 것을 작가는 암시한다. 오늘 우
리가 체험하는 현대사회의 구조적 모순과 의사소통의 어려움, 삶의 부
조리함을 이미 50여년 앞당겨 戱畵化한 이오네스코 연극의 선구성은
연중 위쉐트 극장을 가득 채운 관객의 열기와 호응이 웅변으로 증거해
주고 있다.

　파리 위세트街 23번지. 소르본 근처 대학가의 이른바 먹자골목 한
켠 좁은 도로변에 위치한 위쉐트 소극장은 예나 지금이나 허름한 외관
과 표나지 않는 간판으로 찾기가 수월치 않다. 파리圈에 위치한 200 여
개 크고 작은 공연장 가운데서도 비교적 영세한 규모로 좌석 95석을 갖
춘 전형적인 소극장이다. 파리에는 2,700명을 수용하는 바스티유 오페
라 극장에서부터 단 35석의 판도라 극장에 이르기까지 크고작은 공연

공간에서 연중 다양한 레퍼토리로 관객을 끌어 모은다. 12개의 국립공연장, 24개 카페-테아트르 그리고 2개의 샹송클럽, 51개 디너 쇼 공연장을 제외한 파리시내 연극공연장 중 공연정보지「파리 스코프」에 좌석규모를 명시한 곳은 56곳. 이중 40%정도가 좌석수 200석이하 규모이다.

위세트 극장의 경우 95석규모지만 장애인 편의시설이 갖추어졌고 같은 날 여러 편을 관람하거나 특정계층과 조건, 특정요일, 시간대에는 할인혜택이 다양하다. 정규 관람료는 19.5유로. 이즈음 유로화 강세로 약 36,000원에 이른다. 콤비 공연작품「대머리 여가수」와「수업」을 함께 관람하면 30유로지만 역시「대머리 여가수」에 관심이 더 모아진다. 파리시내 사립극장연합회와 파리시청이 함께 추진하는 연극보급 캠페인도 흥행에 한몫 거든다.

1957년이래 반세기가 넘도록 같은 극장에서 쉬임없이 공연되고 있는「대머리 여가수」성공의 주역은 뭐니뭐니해도 공연 초기부터 연출과 마틴씨 역을 맡은 니콜라 바타이유. 몇 달 전인 2008년 10월 28일 파리 자택에서 82세를 일기로 세상을 떠났지만 위쉐트 극장 무대에 배인 그의 땀방울은 58년이라는 기나긴 세월의 무게속에서 아름다운 결정체로 빛난다. 나치 점령하에서 영화로 데뷔한 바타이유는 영화와 연극무대를 넘나들면서 장 콕토, 자크 프레베르, 보리스 비앙 같은 현대작가들의 작품을 무대에 올리고 특히 일본문화에 심취하여 빈번한 무대교류에 앞장서기도 하였다. 그리고 그 자신 연기자가 되어 삶의 마지막 순간까지 무르익은 연기로 마틴씨 역할에 충실하면서 끊임없는 이야기속에 가중되는 커뮤니케이션의 부재를 50∼70대에 이르는 노련한 위쉐트 극장 동료배우들과 오랜 연조가 빚어낸 기막힌 호흡으로 펼쳐 보였다. 이들 중 일부는 이미 1980년에 안정적 공연을 위하여 극장을 주식회사로 전환시킨 주역들. 산 증인 조르주 바타이유는 이제 세상을 떠났고 배우나 스텝은 바뀌겠지만 50여 년간 같은 무대에 쌓여온 전통과 기량, 노하우는 나날이 두꺼워지고 새로워 질 것이다. 이 두 작품 이외에 다른 이오네스코 작품도 무대에 올리고 어린이 대상 공연, 독특한 외국작품 번역극 등으로 위쉐트 극장은 전통의 심화와 끊임없는 실험정신의 모색 즉 전통과 신감각의 조화라는 쉽지않은 시도에 적극적이다.

우리나라의 경우 1969년 한국일보사 강당에서 첫 공연을 가진 번역극「고도를 기다리며」가 올해로 꼭 40주년을 맞는다. 출연진의 잦은 변동과 안정적이지 못했던 공연장 여건 등은 연출가 임영웅 선생의 혼신의 열정과 노력에도 불구하고 여러 아쉬움을 남게한다.「난타」가 10여 년을 넘어 이어가고 있지만 지속적인 업 그레이드와 외국인 관객편중 해소가 과제로 남아있다.

역사에 빛나는 가르니에 오페라, 현대식 첨단시설의 바스티유 오페라, 수세기 동안 고전극 공연전통을 지켜온 코메디 프랑세즈 같은 명문 문화공간이 즐비한 파리에서 100석이 채 안되는 위쉐트 소극장이 이룩한「대머리 여가수」공연 52년의 기록은 생각할수록 대단해 보인다. 그러나 위쉐트 극장은 여전히 케밥과 꼬치구이 냄새 속에서 특히 북 아프리카계 식당의 호객행위가 유난히 요란스러운 소르본 먹자골목 한 켠에 숨은듯 자리잡고 있다. 상당한 유명세를 타야 마땅할 문화명소임에도 이름은 그다지 널리 알려지지 않았다. 눈발이 흩날리는 음산한 겨울 날씨에도 빈자리가 거의 없이 소극장을 꽉 채운 여러 계층의 관객들이 배우들과 호흡을 맞추며 함께 웃고 호응할 때 비좁은 소극장은 더없이 크고 튼실해 보였다. 열기는 뜨거웠다.

미로를 더듬어 파리 뒷골목 소극장을 찾아 적지않은 관람료를 선뜻 지불하며 연극을 즐기는 관객, 치밀하고 과학적인 편집으로 공연을 위시한 여러 분야의 문화예술 생활정보를 40 상팀이라는 염가로 보급하는 주간지「파리 스코프」등의 공연정보지 그리고 행정, 재정적으로 영세한 소규모 극장을 지원하는 파리시의 문화감각 등이 소극장 운영에 선순환 구조로 맞물리면서 프랑스 문화의 실핏줄, 공연예술의 풀뿌리 기능을 수행하고 있다. 지하철이나 카페에서, 공원벤치에서 공연 정보지나 신문을 뒤적이며 그리스 비극으로로부터 고전극, 낭만극, 보드빌극, 전위극, 익살소극, 외국작품 번안극, 모노 드라마 등 다양한 공연을 고르고 있는 연극 애호가들의 눈에는 위쉐트 극장의 몇줄짜리 조그만 광고가 컬러 전면광고보다 훨씬 더 크게 눈에 띄었을지도 모를 일이다.

베데(BD), 망가, 만화

앙굴렘 국제만화페스티벌

만화 만나러 앙굴렘으로 엄동설한에 세계적으로 명성이 높은 프랑
스 앙굴렘 만화페스티벌을 개최하는 발상은 자못 만화적이다. 특히
올해는 행사개막 직전 눈이 내리고 기온도 크게 떨어져 최악의 기후
조건이었지만 결과적으로 지난해보다 더 많은 인원이 참여하는 등 성
공을 거두었다. 집행위원회에 왜 썰렁한 겨울에 행사를 여느냐고 물
어봐도 반응은 시큰둥했다. 벌써 34회째로 이제 앙굴렘축제하면 겨울
이 생각날 정도로 인식이 굳어졌는데 굳이 일정을 바꾸어야할 필요가
있느냐는 뜻이 포함되어 있었고 연중 빽빽한 축제가 풍성한 프랑스에
서 뚫고 들어갈 다른 날짜를 확보하기 쉽지않을뿐더러 나름대로의 변
별력 확보를 위해서도 겨울개최가 불가피하다는 뜻이 담겨있었다.

프랑스 앙굴렘市는 영세한 지방소도시로 파리에서 서남쪽으로
450km 지점에 위치하여 TGV 고속열차로 2시간 20분 정도 걸리는 한
갓진 곳인데 1970년대 이후 만화축제의 성공으로 일약 세계적인 문화

명소가 되었다. 만화와 아무 연관이 없는 곳에서 만화를 테마로 이벤트를 벌였던 것이다. 올해 34회를 맞은 앙굴렘 국제만화 페스티벌은 만화와 관련 영상문화 하나만으로 지역을 혁신시키고 도시명성을 세계에 널린 드문 성공사례를 보여준다. 올해에는 지난 1월 25일 시작하여 28일 막을 내리기까지 연 20만명이 운집하였다. 20여개국 800여명 언론인이 몰렸고 숙소 부족으로 인근 50km지역까지 모든 숙박업소가 동이 나면서 민박도 구하기 어려웠다. 추운 1월 하순 며칠간 열리는 만화행사에 프랑스는 물론 세계각국에서 이 조그만 소도시로 몰려드는 까닭은 무엇일까.

즐거운 만화, 삶이 즐겁다　　미국과 함께 세계만화 역사를 양분해온 유럽만화의 종주국 프랑스답게 무엇보다도 만화라는 단일주제를 30여년 집중적으로 조명, 부각해온 선명한 일관성 유지에 힘입은 바 크다. 프랑스에만도 수 십개의 만화, 애니메이션, 영상관련 축제가 있지만 만화하면 곧바로 앙굴렘을 떠올릴만큼 확실한 이미지를 심기에 이미 오래전 성공하였다. 만화를 좋아하는 남녀노소 누구라도 행사장을 찾아 세계 각국의 다양한 만화서적과 관련 상품, 이벤트를 즐기며 평소 만나고 싶었던 만화가로부터 사인을 받는 즐거움이 그 첫 원동력이 되고있다.

　앙굴렘 만화페스티벌의 중심행사장인 '출판인 살롱'은 몽토지에라는 지역의공터에 세운 천막구조물. 을씨년스러운 주변풍경과는 달리 내부에는 열기가 뜨거웠다. 주력행사인 작가 사인장에는 좋아하는 만화가의 작품집을 구입하여 친필 서명과 함께 한 컷의 그림을 얻으려는 행렬이 연일 장사진을 이루고 있었다. 작가는 팬의 이름을 묻고는 꽤 오랜 시간을 할애하여 자상하게 사인과 함께 자신의 개성을 함축하는 그림을 그려준다. 프랑스 만화는 대체로 그림대비 대사가 많고 특히 견고한 하드커버로 제본하여 가격이 최저 10유로를 상회하는 일종의 문화상품으로 만화책을 '앨범'이라고 부른다. 우리처럼 한번 읽은뒤에는 별반 관심을 기울이지 않는 것과는 달리 책장에 꽂아 보존하는 애장가치가 높다.

기존시설 최대한 활용, 예산절감

만화는 이제 이른바 '제9의 예술'로 여타 예술 장르와는 다른 독특한 변별성과 경쟁력을 보유하게 되었다. 앙굴렘 축제의 가장 큰 특징은 만화애호가들에게 '즐거움'을 제공하는 것 그 이상도 이하도 아니었다. 삶을 즐기는 하나의 방편으로 만화를 택하여 이러저러한 놀이판을 벌이는 것이다. 주행사장인 '출판인 살롱'을 비롯하여 국립만화영상센터 건물, 지역복합 문화공간인 '에스파스 프랑캥', 시내 샹드마르스 공터에 세운 구조물로 이루어진 '에스파스 데쿠베르트' 그리고 기존 공연장과 시청옆 공터에 콘테이너를 붙여 만든 '세계만+전시회장' 그리고 성당건물 등 기존 시설을 최대한 이용함으로써 투자를 최소화하려는 노력이 두드러졌다. 지역명성은 이미 30여년을 지나는동안 단단히 쌓여졌고 경제효과는 축제를 전후한 성수기를 비롯하여 만화애호가들이 연중 찾아와 자고 먹고 마시는 사이 이런저런 소비가 이루어지니 그 또한 바람직한 일이 아니냐는 조직위원회 스탭들의 지극히 상식적인 답변이 축제의 정체성을 요약하였다.

문화축제, 꼭 경제이익 앞세워야 하나

우리나라에서 열리는 크고 작

은 문화축제가 극히 일부를 제외하고는 아직 뚜렷한 제 갈길을 잡지 못한 이유의 하나가 경제이윤 창출의지를 너무 조급히 앞세운 것이라면 해법은 그리 어렵지 않다. 축제에서 즐기고 신명나게 노는 것만큼 중요한 일이 있을까. 경제수익 도모, 지역홍보 활성화, 주민의 삶의 질 제고 같은 행정적인 표현으로 문화축제의 본질을 어지럽히기 보다는 며칠간이나마 시민이나 방문객들이 재미있게 놀도록 판을 벌여주는 일이 앞서야 하지 않을까. 국고나 지방자치단체 예산중 일부를 과감히 할애하여 흥미로운 축제 한마당을 벌여주자. 행사가 충실할 경우 입소문과 매스컴 보도에 힘입어 사람들은 모여오게 마련이다. 행정당국은 예산집행과정의 투명성만 관리하면 이미 절반은 성공한 셈이다.

앙굴렘 국제 만화페스티벌의 성공요인의 하나는 그러므로 최대한 예산을 절약하여 행사를 진행하고 도시자체의 이미지를 통합적으로 관리함으로써 자연스럽게 얻어지는 명성에 힘입은 바 크다. 축제행사장에 어김없이 나타나는 잡상인이나 이러저러한 소란스러운 판매행위를 거의 볼 수 없었다. 중앙정부와 자자체의 재정지원, 협찬기관-기업체의 스폰서와 부스 임대료 그리고 출입가능행사장별로 구분된 입장권 판매수입이 수입의 전부를 이룬다. 식사와 음료 판매코너가 질과 양적인 면에서 수요에 크게 미치지 못했고 화장실, 입장권 판매소 역시 행사장과 상당히 떨어진 곳에 위치해있는 등 관객서비스나 수익측면에서 배려부족이라는 인상이 들 정도였다. 그러나 나흘간의 행사기간 사이사이의 이벤트성 프로그램은 활력을 북돋우기에 충분하였다. 앙굴렘 중심가 페리괴 거리의 일부를 끊어 만화가 고시니의 이름을 딴 고시니 거리로 명명하는 행사 등은 지극히 프랑스다운 문화전통을 보여주었다. 우리에게 '꼬마 니꼴라'의 삽화가이자 '아스테릭스' 작가로 알려진 르네 고시니는 이미 세상을 떠났지만 딸 안느 고시니가 참석한 거

리명명식은 만화, 만화가가 일상생활속에 뿌리내렸음을 확인시켜
주었다.

  유럽에서의 '망가'　　　　　2007년 축제 최우수작가상은 고령의 일본만화
가가 받았다. 일본어로 만화를 지칭하는 '망가'는 이제 만화의 대명사
로 불릴만큼 유럽문화시장에서 막강한 영향력을 행사하고 있다. 크고
작은 프랑스 출판사에서 간행된 일본만화번역판 코너는 연일 장사진
을 이루고 행사장내 토론장인 '포럼 르클레르'에서는 일본만화를 주
제로 많은 토론이 진행되었다. 아직은 일본만화의 영향력이 크지만
2003년 30회 페스티벌의 주빈국이었던 한국만화를 비롯하여 중국만
화에 대한 관심도 상당하였다. 유럽만화가 큰 사이즈에 화려한 표지,
원색인쇄 등 애장본으로 특징지어진다면 망가나 우리나라 만화는 비
교적 경제적인 페이버 백 제본에 두꺼운 볼륨으로 복잡하고 교묘하게
얽어놓은 서사구조 측면에서 차별성이 있다고 하는데 점차 유럽만화
도 일본, 한국만화 스타일의 영향을 받고있다고 한다. 행사장 내 포럼
르클레르에서 열린 아시아 만화의 현황과 전망이라는 프로그램에서
도 한국만화의 잠재력을 확인하면서 젊은 작가들의 예술적 실험성이
토론시간의 상당부분을 차지하기도 하였다.프랑스어로 만화를 지칭
하는 베데 ('방드 데시네'의 약어) 와 강력한 위상을 확보한 망가, 이
틈에서 우리 만화가 새로운 활로를 제시할지 궁금하다. 일본만화에
대한 유럽인들의 대체적인 인상인 '폭력, 선정, 환상, 신비성'이 언제
까지 비교우위적 선호도를 유지하며 판매로 이어질지는 알 수 없다.
그러나 일본, 중국과 다른 우리 고유의 정서와 감정을 보편화시켜 공
감 폭을 넓혀간다면 일본망가가 봉착할 한계를 넘어서는 대안으로 부

상할 수도 있을 것이다.

문화산업 클러스터의 힘　　　지역명성, 특산물이나 특정인물, 업적을
홍보해야 하는 사명감에서 자유로워질 경우 문화축제 운신의 폭은 훨
씬 넓어진다. 우리나라 대부분의 문화축제가 안고있는 공통의 딜레마
인 경제수익창출 강박관념에서 조금만 벗어난다면 그야말로 홍겹고
즐거운 축제가 가능해지지 않을까. 앙굴렘 만화 페스티벌이 그 좋은
예를 보여준다. 인구 몇만의 소도시 앙굴렘이 세계적인 만화예술의
메카로 부상하게 된 것은 아마도 이러한 일관된 행사운영 컨셉에 힘
입고 있는지도 모른다.

　앙굴렘시 주변에 자연스럽게 포진하게 된 만화영상산업 클러스터는
주목할만하다. 방대한 규모의 국립만화영상센터와 각급 국립, 사립 만
화관련학교와 기업, 생산업체가 유발하는 경제−문화−사회효과는 대
회기간중 수익을 훨씬 넘어서고 있었다.

프로방스와 코트 다쥐르에서 5감을 채운다

부이야베스를 맛보면 남 프랑스에 프로방스에 왔음을 실감한다. 같은 음식이라도 생-폴 드 방스, 망통, 앙티브, 빌프랑슈-쉬르-메르, 에즈 같은 예쁜 소도시 식당에서는 감미로운 바람과 라벤더 향기 그리고 무엇하나 바쁠 것 없는 사람들의 느긋함이 더해지면서 음식맛이 갑절로 살아난다. 예전에는 가난한 사람들의 먹을 거리였지만 지금은 미식가들이 찾는 별미가 된 부이야베스는 생선, 게, 바닷가재, 홍합 등에 토마토, 사프란, 올리브 기름을 넣어 푹 끓인 것으로 들큰하고 향긋한 국물맛에서 이 지방의 넉넉함이 묻어난다,

파리 리용역을 떠난 TGV는 단조롭고 밋밋한 파리 근교 위성도시를 벗어나자 제 속도를 낸다. 거칠 것 없이 뻗은 직선철로를 미끄러지듯 달려 2시간만에 리용에 닿고 그로부터 38분후 아비뇽에 이르면 바야흐로 프로방스에 진입한다. 여기서 마르세유까지는 30분도 채 걸리지 않는다. '지중해= 바캉스, 은퇴노인들의 거처'라는 인식은 그동안 상당부분 수정되었다. 프로방스와 코트 다쥐르 같은 남 프랑스는 칸, 니스

등 휴양도시가 유럽귀족사회의 취향에 힘입어 개발된 이후 줄곧 간직
해온 것처럼 은퇴지나 휴가객들의 집결지로만 볼 수 없다. 역동적인 생
산활동 종사자들이 파리 등 대도시의 건조하고 각박한 일상을 떠나 일
과 삶의 질 모두를 챙기려는 현장으로 탈바꿈하고 있다. 지중해 연안을
지칭하는 코트 다쥐르 즉 쪽빛해안의 '소피아-앙티폴리스' 같은 첨단
과학단지가 그 좋은 예인데 프랑스의 실리콘 밸리로 불린다. 세계적으
로 드문 풍광수려한 과학단지이다.

그러나 아직 프로방스와 코트 다쥐르는 유럽사람들 마음속에 자리
잡은 '비밀의 화원'이다. 저마다 설레임과 기대를 안고 찾아나서는 화
원탐색. 아비뇽을 지나 프로방스로 접어들면서 만나는 아를, 엑상프로
방스, 님, 마르세유 같은 오래된 도시도 정취가 있지만 지중해를 끼고
나란히 어깨를 맞댄 비밀의 꽃밭은 푸른 바다에 잇닿아 보석처럼 박혀
있는 크고작은 마을에서 더욱 빛난다.

생-폴 드 방스. 언덕위에 촘촘히 늘어선 중세의 집들과 그 주위를
둘러싼 성벽으로 이루어진 마을. 16세기에 형성된 도시원형이 비교적
그대로 보존된 좁은 돌 바닥길 양쪽에는 현대 도예품과 조각들로 장식
되어 오래된 도시와 새로운 예술이 모나지 않게 조화를 이룬다. 특히
이 소읍에 자리잡은 마그재단 미술관에서는 보나르, 샤갈, 브라크, 쟈
코메티, 미로 등 걸출한 작가의 그림과 조각으로 볼거리가 풍성하다.

에즈. 급경사면의 바위산을 따라 집들이 늘어선 마을. 13세기 로마
인들의 침략을 피하여 산으로 이주한 사람들이 정착한 마을 에즈에서
바라보는 지중해 푸른 바다는 더욱 코발트 빛이다. 니체가 오르내리며
'짜라투스투라는 이렇게 말하였다'의 영감을 얻었다는 산책로는 무척
가파른 비탈에도 불구하고 속세의 번잡을 비껴난 유유자적의 여유가
묻어난다.

지역특산물과 뛰어난 예술품, 지중해 조망으로 미각과 시각을 채운 뒤 나서는 후각탐사. 향수의 고장 그라스가 지척이다. 세계 일류 브랜드와 대규모 화장품회사의 향수를 조달하는 곳인데 장미, 라벤더 같은 향수재료식물을 재배하고 이 다양한 꽃들을 배합하여 새로운 향기를 만들어 내면서 향수, 방향제 등 세계 모든 향기의 원재료 50%가 탄생된다. 500kg 꽃에서 에센스 1리터가 추출된다는 장미, 자스민, 백합, 로즈마리 등 20~30종의 향기를 맡아보고 혼합하는 체험은 즐겁다. 독특한 향기를 섞다보면 생각과는 다른 향기가 만들어진다. 흡사 얼마뒤의 앞을 내다보기 어려운 우리의 삶이 그러하듯이. 뜻밖의 향기가 주는 신선한 충격과 의외성은 예상보다 크다. 그것은 삶이 발산하는 향기에 다름아니다.

니스 카니발은 관광비수기 2월에 열린다. 수십대의 요란한 마차, 수백개의 커다란 머리 형상을 한 캐리커처는 니스 카니발의 독특한 상징이다. 거리극단과 음악그룹 그리고 분위기를 고조시키는 진행자의 조크와 입담은 눈을 감아도 역동적인 삶의 함성, 현실향유의 웅성거림으로 전해진다.

이곳에서의 시각-후각-청각-미각-촉각은 각기 독특한 경로로 전달되지만 그것이 어울려 빚어내는 공감각의 세계는 보들레르가 노래했듯이 "어둡고 깊은 조화 속에/ 멀리서 합치는 메아리처럼/ 밤처럼 그리고 광명처럼 한없이/ 향기와 색채와 음이 서로 화답"하는듯 보인다면 지나친 비약일까.

이 모든 볼거리를 굳이 찾아나서지 않더라도 한 일주일 정도 프로방스나 코트 다쥐르에 체류하며 아침에 동네 빵집으로 바게트를 사러가고 해변산책과 독서, 소박하지만 활기차게 살아가는 사람들과의 교감만으로도 반복과 조급함에 지친 일상은 활력을 얻을지 모른다. 또는 그

토록 머나먼 길을 달려오지 않더라도 책으로 그림으로 영화로 저마다
의 프로방스를 안방과 거실에서 꿈꿔 본다면 어떨까.

라스베가스의 변신, 눈여겨 보자

미국 네바다주(州) 라스베가스에 대한 오래된 고정관념은 세계적으로 거의 비슷하다. 도박, 환락과 소비, 마피아가 창궐하고 온갖 범죄가 만연한 불안한 도시… 좀 더 나아가면 소돔과 고모라같은 악의 소굴로 비화되어 곧 멸망할듯 극단으로 치닫기도 한다. 현지 교민들에 의하면 한국이나 미국 타도시에서 라스베가스를 찾은 우리나라 목회자들 중 일부는 라스베가스를 불쌍히 여겨달라고, 은혜를 주십사고 간절히 기도하는 것을 종종 본다고 한다. 이 도시에는 죄인들만 득실거리고 모든 사람들이 타락하고 노름만 일삼는 곳으로 생각한 결과이다. 편견의 결과는 이렇게 몰이해와 독선으로 확대된다.

라스베가스는 1905년 도시탄생 이후 전세계적으로 드문 비약적인 발전을 거듭하였다. 특히 1931년 네바다주가 도박을 합법화하고 인근에 후버댐이 착공되면서 라스베가스는 전환기를 맞는다. 후버댐의 무궁무진한 물과 전력을 바탕으로 사막 한복판 라스베가스의 번성은 가능하였다. 특이하게도 호텔밀집지역 인근에 맥커랜 국제공항이 위치하고 도심 한복판에 골프장이 여럿있다. 통계에 의하면 라스베가스 관광 수입중 카지노의 비중은 30% 미만이라고 한다. 시 당국도 도시 이미지 혁신차원에서 카지노 의존을 줄이고 컨벤션, 휴양, 쇼핑, 인터테인먼트 그리고 특히 가족단위의 관광분야에 주력하고 있다.

특히 12월 22일 문을 연 앙코르 라스베가스 호텔은 호텔 재벌 스티브 원이 23억 달러를 투입, 심혈을 기울여 기획하였는데 관심을 끄는 점은 카지노가 이제는 더 이상 이 호텔의 중심, 중추적 시설이 아니라는 점이다. 물론 중요한 비중을 차지하지만 상대적으로 나이트 클럽이나 바, 스파, 식당 같은 부대시설을 더욱 세심하게 꾸몄고 휴식과 인터테인먼트라는 스티브 원의 경영철학이 비교적 충실하게 반영되었다는 평이다. 바로 옆 3년전에 준공된 원 라스베가스 호텔과는 청동색 유리의 같은 외관으로 쌍둥이 호텔 이미지를 풍기는데 실내에 들어서면 소유주의 취향이 진일보하여 연출된다. 스티브 원은 볼만한 쇼를 과감하게 호텔 외부로 옮겨 화산쇼, 분수쇼 같은 대규모 볼거리를 무료로 보여주는 발상의 전환을 비롯하여 카지노에 치중되던 라스베가스 이미지 외연과 개선에 크게 기여하였다. 그동안 공들여 조성한 여러 호텔들을 과감하게 매각하고 그 자금으로 새로운 컨셉의 호텔을 건립하는 등 승부사적 기질의 경영능력은 대단하다.

부가가치가 높은 컨벤션 산업, 점차 비중이 커지는 가족관광을 겨냥한 테마파크와 쇼핑 스파와 외식 그리고 인터테인먼트 산업의 고급화는 카지노의 한계를 예상한 라스베가스의 생존전략에 다름아니다. 도시 역사 한 세기만에 미국에서 가장 인구유입이 많은 도시 가운데 하나로 특히 은퇴후 노후를 보내기 위하여 숱한 실버층이 이주해오는 역동적이고 살기좋은 도시임에도 카지노의 그늘을 덧씌워 환락, 도박의 도시로 매도할 수 있을까. 1940년대부터 남부 중심가 스트립 상권의 규모와 유명세에 밀려 상대적으로 부진을 면치 못했던 북부 다운타운의 호텔, 카지노 업계도 시 당국의 대규모 개발계획에 힘입어 중흥을 노리고 있다.

1980년대 이후 호텔 개발의 선두주자 스티브 윈이 시도하는 발상의 전환은 그래서 주목할만하다. 도박의 도시로부터 중산층 가정을 대상으로 하는 패밀리 리조트로 변모시키려는 야심에 찬 계획을 실천중이다. 카지노의 비중을 줄이고 가능하다면 앞으로는 호텔에서 카지노를 없앨 예정이라는데 아직은 자금순환을 위하여 카지노 수익금이 필요하다고 윈은 이야기한다. 나아가 그는 영혼의 쉼터를 제공한다는 목표를 설정하고 있다. 다분히 동양적, 불교적인 발상이다.

라스베가스의 상징인 대규모 초호화 호텔의 치열한 경쟁은 앞으로도 계속될 전망이다. 멀쩡한 건물을 고객의 취향과 시대요구에 맞지않는다는 이유로 헐어버리고 새로 짓는 물량공세 경쟁은 더욱 거세질 것이다. 그러나 카지노 산업의 한계를 이미 간파하고 호텔 기능이 단순한 숙식제공과 합법화된 도박장소 제공이라는 종전의 개념을 탈피하여 문자그대로 영혼이 위안을 얻으며 쉬도록 한다는 자신의 호텔철학을 구체화하려는 야심은 흥미롭다. 몇 천개의 객실과 숱한 부대시설 그리고 아직은 이익의 절대치를 창출하는 카지노 운영경쟁만으로도 벅찬 라스베가스 호텔계에서 스티브 윈의 의지는 주목할만하다.

도박과 유흥이라는 이미지 속에서도, 직장 구하기가 쉽고 주민들에게는 쾌적한 삶이 보장되는 문화도시를 향한 라스베가스의 과감한 변신과 행보는 산적한 여러 문제로 고민하고 있는 우리나라 대도시가 눈여겨 볼만한 대목이기도 하다.

이규식 문화편집

빵의 문화 장미의 문화

지은이 이규식

인쇄일 초판1쇄 2009. 06. 25
발행일 초판1쇄 2009. 06. 30
펴낸이 정구형
총괄 박지연
디자인 김숙희 선승희
편집 강정수 이원석
마케팅 정찬용
관리 한미애 손지애
펴낸곳 새미
등록일 2005 03 15 제17 - 423호
서울시 강동구 성내동 447 - 11 현영빌딩 2층
Tel 442 - 4623 Fax 442 - 4625
www.kookhak.co.kr
kookhak2001@hanmail.net

ISBN 978-89-5628-313-5 *03800
가격 14,000원